부기
영화

BOOGIE MOVIE
부기영화

글 급소가격 | 그림 여빛

씨큐브

차례

지금부터 부기영화 단행본의 목차를 알려드리려고 합니다. 물론 뻥입니다. 요즘 누가 목차 같은 거 보나요? 저도 관심 없습니다. 그냥 페이지가 조금 남길래 제 억울한 사연을 좀 털어놓으려고 합니다. 일단 출판사에 보낸 파일 이름은 목차라고 적어뒀으니 그대로 실리겠죠. 제 생각엔 출판사에서 우리 원고를 검토하지 않는 것 같습니다. 출판사뿐만 아니라 저희의 에이전시인 만화가족이나 연재처인 피키캐스트, 카카오페이지도 저희 원고를 검토하지 않는 것 같아요. 예전에 아헤가오 더블피스라는, 일본 성인만화에 나오는 표정을 그려서 보낸 적이 있는데 그게 그대로 실리더라구요. 나중에 들어보니, 검수팀의 그 누구도 아헤가오라는 표정을 몰랐다고 합니다. 이 자리를 빌려서 말씀드리는데 저도 그게 뭔지 몰라요. 여빛작가가 단독으로 꾸민 사건입니다. 이번 단행본에도 여러분의 심기를 거스를 장면이 있을지 모릅니다. 하지만 알아주십시오. 저는 아무 잘못이 없습니다. 모든 건 여빛 작가와 출판사의 저열한 계략입니다. 온갖 음해에 시달렸습니다. 그리고 자꾸만 제가 영화 스포일러를 한다고 뭐라 하는 분들이 있습니다. 그건 인정합니다. 스포하는 게 너무 재밌어서 그랬습니다. 스포하는 것보다 더 재밌는 게 어디 있겠어요? 여러분이 어떻게 살든 관심 없지만 저는 재밌게 살고 싶습니다. 이 단행본도 마찬가지입니다. 그냥 여러분 돈 모아서 저 치킨 사주는 셈이죠. 여러분은 돈도 내고 스포도 당하고 이딴 책을 읽느라 소중한 시간도 버려야 합니다. 하지만 여러분이 좀 참으십시오. 일단 저라도 살아야 하지 않겠습니까? 이렇게 혼자서 어떻게든 살아남는 영화를 만나고 싶으면 **207** 페이지의 **〈그래비티〉** 편을 참고하십시오. 이 영화를 보면 개소리를 내는 장면이 나오는데 저는 그 장면이 참 불만입니다. 개소리는 그렇게 내는 게 아니에요. 할리우드, 아직 한참 멀었습니다. 제가 언젠가 기회가 되면 제대로 한번 보여드리겠습니다. 제가 어릴 때부터 동네 개들 사이에서 미친개라고 소문이 자자했거든요. 저한테 걸리면 간디도 살인자가 됩니다. 그런데 제가 몇 년 전에 저 못지않은 미친개를 만난 적이 있어요. **89** 페이지의 **〈위플래쉬〉** 편을 보시면 알 수 있을 겁니다. 보통 미친개가 아닙니다. 근데 여러분 그거 아세요? 미친개인 줄 알았던 놈이 저보다 더 강한 미친개를 만나면 얌전해집니다. 마치 **33** 페이지의 **〈테이큰〉** 처럼 말이죠. 결국 미친놈 고치는 방법은 더 미친놈이랑 총이었던 거죠. 하지만 제 경우에는 달랐습니다. 저를 바꾼 것은 미친놈이나 총 같은, 그런 폭력적이고 미개한 존재들이 아니었어요. 저를 바꾼 것은 옆집 친구의 누나였습니다. 어느 무더운 여름날, 열다섯 살의 저는 친구를 만나러 옆집에 놀러 갔어요. 그런데 친구가 없었습니다. 심지어 친구 부모님도 없었죠. 그때 화장실에서 샤워하는 소리가 났습니다. 저는 당연히 친구가 샤워하는 줄 알고 화장실 문 앞에서 친구를 놀래켜주려고 준비하고 있었어요. 이윽고 화장실 문이 열렸는데 거기서 나온 것은 친구가 아니었습니다. 알몸 상태의 친구 누나였을까요? 아니에요. **159** 페이지의 **〈에일리언〉** 이었습니다. 뽀얀 살결에 온몸에서 김이 피어오르는 야릇한 에일리언 여왕이었죠. 저는 침착하게, 뽀얀 노리쇠에 온몸에서 김이 피어오르는 더블 배럴 샷건을 꺼내, 에일리언 여왕을 괴롭혀주었습니다. 그런데 세상에 맙소사! 에일리언 여왕의 표정이 너무나 만족스러운 거예요. 더 괴롭혀달라고 애원하던걸요?

277 페이지에 나오는 **<그레이의 50가지 그림자>**의 왕팬이라면서 말이죠. 그래서 저는 밤새도록 엉망진창 에일리언 여왕을 괴롭혀주었습니다. 눈치챘나요? 더블 배럴 샷건은 은유법이었다는 것을. 아무튼 밤새도록 괴롭히고 즐기다 보니 바닥이 엉망이 되었더라구요. 에일리언 파편에 제 각질에 머리카락도 많이 빠져 있었죠. 이 집을 어떻게 청소하지? 저는 앞이 깜깜해져서 그만 콩쥐처럼 주저앉아 울고 말았어요. 그때 조용히 다가온 두꺼비가 제 귀에 대고 속삭였어요. 그를 불러. 그를 부르라고? 그가 누군데? 두꺼비가 다시 한번 알려줬어요. **135** 페이지에 나오는 음탕한 로봇청소기, **<Wall-E>**를 부르라고. 그래서 저는 로봇청소기를 돌린 뒤 에일리언 여왕과 하던 일을 계속했어요. 너무 열중한 나머지 친구 누나가 집에 들어온 것도 모르고 있었죠. 친구 누나는 나이에 걸맞지 않게 묵직한 저의 더블 배럴 샷건을 보고는 피라미드 앞의 관광객 같은 표정을 지었어요. 하지만 더 놀라운 것은 에일리언 여왕이 친구 누나를 보고 첫눈에 반했다는 사실이었죠. 우리 셋은 지금까지의 통념을 깨고 새로운 놀이를 시도해보기로 했어요. 아직 우리가 하지 못했던 놀이. **239** 페이지의 **<엣지 오브 투모로우>**처럼 내일의 엣지를 말이에요. 오늘보다 더 나은 엣지, 에일리언과 옆집 누나라면 가능합니다. 저는 둘의 미래형 엣지를 잠시 감상했습니다. 너무 격렬해서 집이 막 흔들리고 책장에서 책이 떨어졌어요. 저는 불길한 느낌이 들어 집 밖으로 나왔죠. 나오는 길에 가지 말라는 외침이 들렸는데 아마 기분 탓일 겁니다. 설마 **13** 페이지의 **<인터스텔라>** 같은 일이 친구네 집에서 일어날 줄은 미처 몰랐으니까요. 이렇게 저는 에일리언 여왕과 친구 누나의 도움으로 미친개에서 벗어날 수 있었어요. 여러분도 스스로 미친개라는 생각이 들 때, 옆집 누나의 도움을 받도록 하세요. 물론 옆집 누나가 옆집에만 있는 것은 아닙니다. 지금도 여러분의 하드디스크 속 평범해 보이는 폴더 안에 잔뜩 있잖아요? 네? 뭐라구요? 실수로 전부 지웠습니까? 이런 멍청한 인간! 하지만 걱정하지 마세요. 들끓는 욕정만 있다면 윈도우 효과음만 듣고도 충분히 할 수 있습니다. 저도 급할 때는 부팅하면서 시작하거든요. 언제 탐색기 열고 언제 비밀 폴더에 들어갑니까? 파워 버튼을 누르는 순간 이미 바지는 내려가 있어요. **57** 페이지에 나오는 **<HER>** 보셨습니까? 거기서는 소리로만 해요. 이게 진보입니다. 눈을 감고 정신을 집중하면 내가 있는 곳이 바로 무릉도원에요. 할 수 있어요. 포기하지 마십시오. 포기하는 순간이 바로 포기인 겁니다. 오늘도 여러분께 피가 되고 살이 되는 가르침 하나 드리면서 이만 목차 소개 시간을 마치려고 합니다. 하나 빠뜨린 것 같은데 기분 탓이겠죠? 아, 억울한 사연요? 아, 그 말을 안 했네. 언젠가 기회가 되면 말씀드리도록 하겠습니다. 조금 억울하네요. 억울한 사연을 털어 놓으려고 했는데 지금 페이지가 부족합니다. 이러니까 제가 미치는 거예요. 너무 억울한데 이걸 털어놓을 종이가 부족합니다. 이게 다 나무 탓이에요. 나무가 몸 관리만 제대로 했으면 한 나무에서 더 많은 종이가 나올 수 있을 텐데 맨날 제자리에서 짝다리 짚은 채로 열매나 찍찍 뱉고 그러니 누가 나무를 사랑하겠어요? 듣자하니 누구한테는 아낌없이 주던데 나한테는 왜 이렇게 냉정한 걸까요? 저도 순정이 있어요. 그런데 나무가 이런 식으로 자꾸만 저를 무시하면 그때는 깡패가 되는 거야 임마!

치이익

영화 리뷰 웹툰이라고 해서 영입은 했지만, 첫 영화부터 너무 어려운 걸 골랐던데?

…….

쩝

듣고 있어? 솔직히 〈인터스텔라〉로 시작하기엔 좀 부담스럽지 않아?

꿀꺽

어렵다고?

저는 공대생이었습니다. 15년 전에는요.

지금은 근의 공식도 몰라요.
그러나 한 근이 1인분이라는 건 잘 알고 있죠.

먹음직!

상대성 이론도 모릅니다. 상대보다 빨리 먹는 법은 알죠.
초끈이론? 지금 여기서요? 평소대로 묶을까요?

무, 무슨 소리 하는 거야 처음부터?

통일장은 조금 압니다.
대실이 만 원이었죠.

맥스웰 방정식도 대충은 알죠.
커피 하나, 프림 둘, 설탕 셋.

틀린 말은 없어.

〈인터스텔라〉. 아시다시피 참 쉬운 영화입니다.

그, 그래? 잘됐어! 그럼 이제 독자들에게 쉽고 재밌게…

그러나

쉬운 걸 어렵게 말하면 간지가 나죠.

두

둥

우주 간다 그래 놓고
책장 뒤에 숨어 딸을 훔쳐보는
미친 변태 아빠 영화입니다.

이게 보통 문제가
아닙니다.

여러분도
생각해 보십시오.
.

슬
금

아빠가 출근하면
그때부터 나만의
해피타임이 열리는데,

알고 보니
출근했다던 아빠가
책장 뒤에 숨어 있다?

변태라는 것보다
더 심각한 문제가 있습니다.

〈인터스텔라〉. 이거
표절 영화입니다.

〈인터스텔라〉 vs 〈주온〉

1) 가구 뒤에 숨어 있다.

2) 하얀 옷을 입고 있다.

3) 알아들을 수 없는 소리를 낸다.

"끄ㄱㄱㄱㄱ극"

"중력방정식을 어쩌구 특이점에서
관측하면 끄ㄱㄱㄱㄱ극"

보십시오. 빼다 박았죠? 영화를 보는 내내
뭔가 무섭다는 기분이 든 게 당연했습니다.

참고로 저는 이 영화를 보고 나서
집 안에 있는 책장을 모두 치웠습니다.

그리고 책장이 있는 곳에서는
항상 행동을 조심하게 되었죠.

대체 딸이 뭘 그렇게 잘못했길래 이토록 가혹한 변태 짓을 하는 걸까요?

부기영화는 그 답을 찾기 위해 영화를 여러 번 돌려 본 결과 충격적인 장면을 발견했습니다.

문제의 장면입니다.

까르띠에나 IWC를 갖고 싶어 했던 딸에게 해밀턴 시계를 준 게 화근이었죠.

딸도 제정신이 아닙니다.

아무리 잘나가는 영농후계자라도 어린 딸에게 까르띠에는 무리거든요.

"해밀턴이잖아!"

막말로, 딸내미가 농사일을 한 번이라도 도운 적 있나요?

휴일에 옥수수밭 나와서 일 안 하는 인부들 옥수수 한번 시원하게 턴 적이라도 있나요?

"아드님 성적으로는 대학에 갈 수 없습니다."

이 집안의 유일한 정상인은 결국 아들뿐인가요? 공부 좀 못하면 어떻습니까? 착하면 됐지.

"트럭 제가 써도 돼요?" (우주로 떠나는 아빠에게)

…그냥 가족 전체가 쓰레기입니다.

엉망진창 가족이지만 행복했던 적도 있죠.
초반부에 나오는 옥수수밭 조지는 장면인데요.
영화 전체를 관통하는 주제가 담긴 장면이기도 합니다.

영화는 탐험가로서의
인류를 계속해서 강조합니다.

호기심을 창 삼고
이성을 방패 삼아
지금까지 걸어온 존재입니다.

이 장면에 나오는
요소들을 하나씩
살펴보면,

아빠와 아들, 딸이 하늘을 떠도는 무언가를 쫓습니다.
소중한 식량이자 벽이며 한계였던 옥수수밭을 냅다 짓밟으며 질주하죠.

아들은 운전대를 잡고 딸은 안테나를 겨누며 금기를 짓밟고 길이 없는 곳으로 달립니다.
펑크 난 타이어? 그런 건 아무 문제가 아니죠.
가족은 함께, 서로 도우며, 뭔가 멋진 것을 쫓아갑니다.

그 난리를 피우며 얻어낸 것이 고작 트랙터에 쓸 만한 부품이라 할지라도 그 자체가 가치 있는 것이라 감독은 말하고 있어요.

문명과 기술의 진보도 마찬가지입니다. 99.9% 이상은 실패하고 아주 소수의 것들만 유용하게 쓰이죠.

뜻밖에 MRI 같은 걸 만들어내기도 하고 발기부전 치료제를 만들다 탈모 치료제가 나오기도 합니다.

미시세계를 들여다보던 과학자들이 우주 끝의 진리를 발견하기도 하죠.

이 모든 유산은 인간이 가진 탐험가적 기질, 때로는 멍청하지만 금기와 한계를 두려워하지 않고 하늘의 드론을 쫓아가는 이 가족 같은 모습 덕분입니다.

또한 혼자가 아닌 함께했을 때 극대화될 수 있는 것이죠. 그래서 감독은 제법 긴 시간을 이 장면에 할애합니다. 그리고 주인공은 이제 트랙터 부품보다는 조금 더 중요한 것을 찾아 떠나야 합니다.

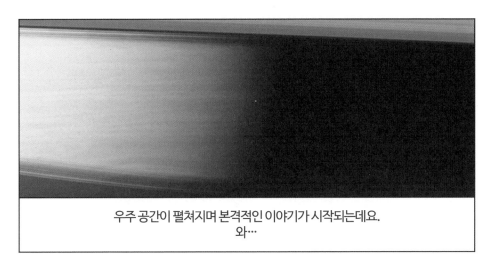

우주 공간이 펼쳐지며 본격적인 이야기가 시작되는데요.
와…

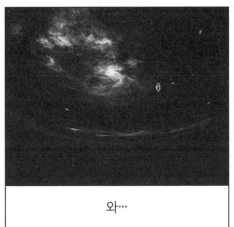

와…

와!

와…

와…. 이렇게
날로 먹어?

극혐

우주로 나간 뒤부터 영화는 관객을 압도합니다.

정적이 흐르는 토성의 고리, 숨을 멎게 하는 웜홀로의 진입.
파도 행성과 얼음 행성의 놀라운 설정 등등. 온갖 명장면들이 펼쳐지죠.
충격과 경이로움 속에서 관객은 책장 뒤 유령의 존재를 잊어갑니다.

단순히 멋진 그림만 보여준 것이 아니라
이 멋진 그림들을 효과적으로 배치하고
관객을 몰입시키는 실력도 대단한데요.

충격과 정적을 오가던 영화가 어느 한순간 미친 듯이 빨라집니다.
얼음 행성에서 주인공이 죽을 위기에 처했을 때부터인데요.

차근차근 하나씩 짚어볼까요?

자, 주인공이 얼음 행성에서 죽어갑니다.
이때부터 감독이 무슨 짓을 하는지 함께 보시죠.

가로를 좁히고

세로를 좁혀서 집중도를 크게 끌어올립니다.

"해치 열지 마! 열지 말라고!!"

긴장과

폭발로 관객을 절망케 하더니

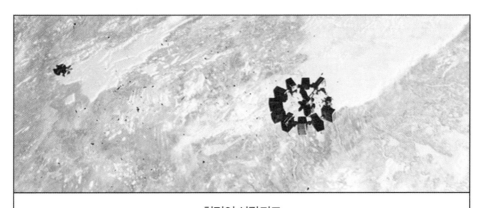

회전이 시작되고
모든 것이 해결되었다 싶을 때쯤

끝판왕이 등장하죠.

감동적인 드라마로
이야기를 마무리 짓나 싶더니

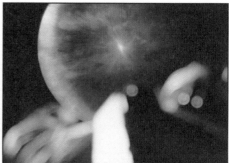

추락시킵니다.

그리고 영화의 시작으로 돌아오죠.
연출의 측면에서, 감독은 필살기를 10연타로 썼습니다.

놀란 감독은 관객들에게
무슨 억하심정이라도 있습니까?
시종일관 압도하더니 나중에는
관객을 빙빙 돌리며 쥐어 패는 수준이네요.

게다가 이 모든 과정 중에
옥수수밭의 오빠라는 긴장 유발 장치가
하나 더 들어가 있습니다.

오빠가 돌아오기 전까지 아빠의 메시지를
깨달아야 하는 일종의 타임어택이죠.

이렇게 관객을 조져대면서
영화가 전달하는 주제 또한 놀랍습니다.

이 영화는 결국 사랑과
도전에 관한 이야기거든요.

영화를 다시 봅시다. 이 작품은 시간과 공간, 차원을 다루고 있습니다.
각각의 소재들은 뒤집히고 역전되고 비빔밥처럼 비벼지죠. 쉽게 말하면,

딸은 아빠보다 더 늙어 버리고
작은 방의 영화는 거대한 우주로 넓어졌다가
다시 작은 방으로 돌아옵니다.

떠난 줄 알았던 아빠는
과거의 책장 뒤에서
나를 부르고 있죠.

이렇게 시간과 공간, 차원이
엉망진창이 된 곳에서 감독은 이 모든 것을
관통하는 하나의 상수가 있다고 합니다.

인간의 의지였고 그 원천은
사랑이었습니다.

바로 중력이죠. 그리고
그 중력을 조종하는 것은

이 장면의 대사는 멘붕 후
헛소리하는 것 같았지만, 사실 이게
감독이 하고자 하는 말이었군요.

영화에 나오는 차원 등의 소재를
너무 어렵게 생각하실 필요 없어요.

아스카쨩을 봅시다.

아스카쨩은 2D죠.
2차원입니다.

그러나 새로 나올 에반게리온이 3D라서 안경을 쓰고 본다?
그럼 3차원입니다. VR로 나온다? 바로 4차원이죠!

아…아스카짜응…
손만 뻗으면 닿겠구나…

안따 빠카~??

그런데 여기에 불확실한
뭔가가 추가된다면?

아스카쨩이 안대를 쓰고 있다?
뒤틀린 황천에서 소환된 모습이다?
아스카쨩인 줄 알았더니 강철호드?

그게 5차원입니다.

여기서, 한번 잘 생각해보십시오.

아스카쨩이 어디 있건, 어떤 화질이건, 안대를 썼든 벗었든,
TV판이든 극장판이든.

그 어떤 차원이건 이 모든 것을 한 번에 관통하는 그 뭔가가 있습니다.

변하지 않는 무언가.
바로 상수!

그것은 사랑입니다. 여러분, 아스카는 사랑이에요.

중력처럼 우리는 아스카쨩에게 끌려갈 수밖에 없는 것입니다.

아스카쨩이 안대를 썼다고! 츤데레 레벨이 좀 낮아졌다고! 신캐가 나왔다고!

아스카쨩을 폄훼하고 탈덕을 선언하고 하셨던 분들은 반성하십시오.

당신들 때문에 지구가 멸망할 수도 있습니다.

아직도 어려우십니까?
그럼 좀 더 쉽게 설명해봅시다.

춘장 1차원
짜장면 2차원

날아다니는 짜장면 3차원

날아다니는 짜장면이
내 입에 들어온다 4차원

내 입에 들어온 순간
치킨이 된다 5차원

안 돼!!
아스카쨩!!

나는 치킨이 된다: 카프카
치킨이 에반게리온을 본다: 호접몽
똥을 쌌더니 치킨이다: 요시! 그란도 시즌!
그 똥치킨을 다시 먹는다: 에너지 보존의 법칙

아무튼, 대단한 영화입니다. 솔직히 이 정도는 돼야 부기영화의 첫 영화로 선정될 수 있죠.

제가 영화를 보면서 이것저것 많이 상상해보기는 하는데, 이 작품은 그럴 수가 없었어요.

모든 것이 제 상상력의 한계를 까마득히 뛰어넘고 있었습니다.

다만 아쉬운 점이 있다면,

심드렁…

인류를 구할 방법이 선발대를 찾아 나서는 플랜 A와 노아의 방주를 실천하는 플랜 B만 있다는 점인데요.

제가 만약 주인공이었다면 우주선을 타고 앤 해서웨이에게 가서 플랜 C를 실행할 것입니다.

벌써부터 마음이 떨리네요.

하악

하악

끼익

29

아, 치킨이 왔군요.

치킨도 상수인 거 다들 아시죠?

프라이드건 양념이건 그 모든 조리법을 관통하는 중력 같은 이끌림!

게다가 칼로리의 블랙홀, 자정에 먹는 치킨은 칼로리가 제로!

순순히 어두운 밤을 받아들이지 말라.

닭이 줄어듦에 분노하고 또 분노하라.

우린 닭을 찾을 겁니다. 늘 그랬듯이.

⟨부기영화 환불 안내⟩

여기까지 보셨으면 환불 안 되니까
인생의 좋은 교훈이다 생각하고
다음부터는 책을 사기 전에
한 번 더 생각하는 습관을 가집시다.

부기영화
Q & A 시간

가끔씩 페이지를 날로 먹고 싶을 때 시도하는 부기영화 Quality and Asshole, 품질과 항문 시간입니다. 오늘 도착한 질문은 어디 보자, 몇 개 있긴 한데 딱히 흥미로운 질문은 없군요. 그래서 오늘은 Q&A 대신 며칠 전 제가 겪은 억울한 사연을 하나 들려드리려고 합니다.

얼마 전에 저는 타이어를 교체했습니다. 보통 미쉐린 제품을 애용하는데요. 스포츠 주행에서 단연 훌륭한 성능을 보여주기 때문이죠. PS4S라는 타이어가 새로 나와서 한번 사용해보려고 큰맘 먹고 질렀습니다. 아, 그런데 지금 이게 중요한 게 아니죠. 이 단행본이 나올 때쯤이면 가을 바람이 솔솔 불 시기일 텐데요. 여러분, 겨울이 오면 반드시 겨울용 타이어를 장착하시기 바랍니다. 너무나 많은 운전자가 타이어의 중요성을 잊고 살아요. 비싼 돈 들여 자동차에 옵션을 추가하지만 타이어에는 신경을 안 쓰는 운전자가 많습니다. 그래선 안 돼요. 브레이크와 타이어는 자동차에서 가장 중요한 장치들입니다. 자동차는 빨리 달릴 수 있어서 자동차가 아니에요. 내가 원할 때 원하는 곳에 설 수 있어야 자동차입니다. 특히 겨울에 고성능 여름 타이어나 사계절용 타이어는 쉽게 그립을 잃어버리죠. 겨울철 사고는 대부분이 타이어가 그립을 잃어서 생깁니다. 내가 사는 지역은 눈이 잘 안 오니까 겨울용 타이어는 필요 없겠지? 아닙니다. 겨울용 타이어와 여름/사계절용 타이어의 차이는 고무에 있어요. 온도가 낮아지면 여름/사계절용 타이어의 고무는 그에 잘 적응하지 못합니다. 즉, 눈이 많이 오느냐 아니냐는 겨울용 타이어 선택에 별 의미가 없는 거예요. 영상 7도 이하로 떨어지면, 여름/사계절용 타이어는 그립을 상당 부분 잃게 됩니다. 반대로 겨울용 타이어는 낮은 온도에서 그립이 좋아지는 대신 높은 온도에서는 약해지는 거구요. 그러니까 겨울에는 꼭 겨울용 타이어를 장착하세요. 내 차는 사륜구동이라서 괜찮다? 천만의 말씀입니다. 사륜구동이고 나발이고 타이어가 그립을 잃으면 바로 영정사진 셀카 찍는 거예요. 비참한 블랙박스 영상 하나 남기고 떠나는 겁니다. 그러니 겨울에는 꼭! 반드시! 겨울용 타이어를 장착하세요. 국산 제품도 성능이 제법 좋습니다. 눈이 많이 오는 지역이라면 노르딕 계열을, 제설작업이 잘되는 도심 지역이라면 알파인 계열을 선택하세요. 아무튼 타이어 이야기는 여기까지 하고 지금부터 제가 겪은 억울한 사연을….

친구들끼리 모여서 아빠 자랑을 해본 적이 있나요?

주로 이기는 편이었나요, 아니면 지는 쪽이었나요?

아니면 뻥이라도 쳐서 반드시 이기고야 마는 성격이었나요?

그러니 오늘 아빠 자랑 대결은 우리가 진 겁니다.

이기려고 아빠를 보채지 마세요.
아빠한테 그러는 거 아닙니다.

오늘의 아빠가
어떤 사람이냐면,

"아빠, 총쏘세요~ 총알이~ 있자나요~"

이런 노래를 평생 들어온 분입니다.

이분이 시리즈에서
무슨 짓을 해왔냐면,

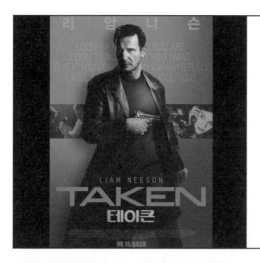

딸 납치했다가 조직 전체가
급류에 떠내려갔던

〈테이큰〉 1편.

그거 복수한다고 부부를 납치했다가
이번엔 딸이 수류탄 던지고
아빠가 빡쳐서 다 죽여버리는 바람에
또다시 조직 전체가 궤멸한

〈테이큰 2〉.

그럼에도 불구하고
아직도 정신을 못 차리고
이 가족을 건드렸다가
호되게 처맞는

불쌍한 악당들의 이야기가
이번 영화입니다.

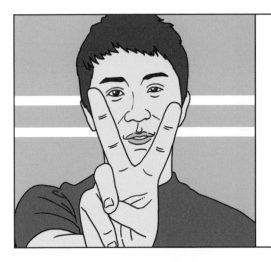

두 번 당했으니
세 번 당할 수는 없죠.

이번에는 악당들도 제법 쎄게 나옵니다.
큰 비중이 없던 브라이언의 부인을 초반에 죽여버리고
그 누명을 브라이언에게 씌우면서 시작하는 거죠.

그리고 매우 당연히, 리암 니슨은 탈출하고
경찰, FBI에 이어 CIA까지 리암 니슨을 뒤쫓습니다.

영화도 이제
3편인데,

스케일 좀
키워야지.

이게 무슨 뜻이냐면
이젠 조직 하나 조지는 걸로는
성이 차지 않는 거예요.

오마에···

코로스!

경찰? FBI? CIA?

그냥 눈에 보이는
모든 것을 그냥 다
죽여버리겠다는 겁니다.

아이돈노후유아.

저 말이 무슨 뜻이냐,
니가 누군지는 관심없고
뭐 하는 놈인지도 모르지만,

그냥 찾아서
다 죽여버리겠다는 거죠.

도망쳐! 경찰!!
위험하다구!!

도망쳐봤자 리암 니슨인걸…
나 그냥 포기할래… 그러면 편해…

너무 강한 주인공과 밸런스를 맞추기 위해
미간에 주름이 강렬한 러시아 킬러를
투입했지만 결과는 처참했습니다.

분명 처음 나올 땐 위풍당당했는데

먹음직

나중엔 이렇게 됩니다. 특정 야구팀 떠올리지 마십시오.

러시아 킬러는 양반입니다.
최종 보스는 더욱 비참하게 죽는데요.

모델들이랑 사우나에서
반신욕을 하며 평화로운
시간을 보내고 있는데,

리암 니슨이 쳐들어와서
다 죽여버립니다.

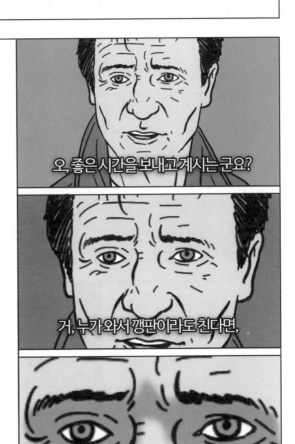

오, 좋은 시간을 보내고 계시는군요?

거, 누가 와서 깽판이라도 친다면,

참 유감이겠군요?

부랴부랴 가운을 걸치고 총을 든 채 나와봤지만

아직 피로가 덜 풀려서 그만 사망하고 말았습니다.

조금만 더 피로가 풀렸더라면,
완전체가 될 수 있었을 텐데.

만성피로가 이렇게 무섭습니다.

사우나 할 때는 인간적으로 좀 냅둡시다.

목욕탕 망한다,
이것들아!

욕탕에 있다가 갑자기 나오면
어지럽고 나른한데
거기다 대고 총을 쏘다니,

할리우드 놈들은
온천불가침조약도 모르나요?

현기증 난단
말이에요.

살살
쏴주세요.

크흑, 아픈데 개운하군…

역시 온천이 짱이야…

반신욕의 개운함과 총상의 고통 속에서 리암 니슨이 최종 보스에게
한마디합니다. 이것은 아내의 복수이며 딸을 죽이려 한 대가다! 라고.

난 니 딸 죽이려고 한 적 없는데????
니 부인 죽인 건 누가 시킨 건데??????

어??

때나 좀 밀고
싸울걸…

그렇게 무고한 악당은 옷도 제대로 입지 못한 채
차디찬 바닥에서 싸늘하게 식어갑니다.

그러니까 총 쏘기 전에
대화를 좀 하라고!

총 쏴서 다 죽여놓고
유언할 시간에
통성명하지 말고!!

누군지 모르지만,
죽을 것이다.

여기서 끝이 아닙니다. 주인공은 캠리를 타고 다녔는데
나중에는 악당이 제일 아끼던 포르쉐를 훔친 뒤,
이번에는 죄 없는 비행기를 부숴버리기 위해 달리죠.

엔진형식 – V6
배기량 – 3,456cc
연비 – 10.4km/L
최대토크 – 35.3kg.m
기타 등등....

포르쉐 911

끝.

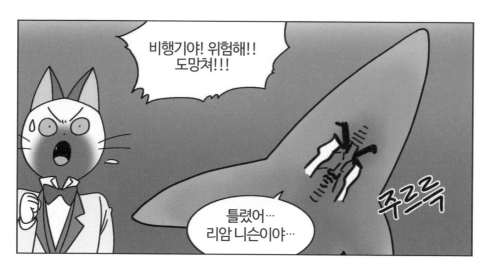

그러니까,
리암 니슨에게
살인과 파괴는
김밥 같은 거예요.

이것은 김밥인가, 살인파괴인가.

살인과 파괴를 제외하면? 영화의 나머지는?

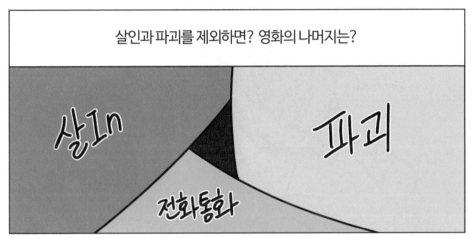

걱정하지 마십쇼.
설명충이 되면 되니까.

영화의 모든 반전을 EBS처럼
친절하게 설명해주면 됩니다.

그래서 이 영화의 장점은

마지막 5분만 봐도 영화의 전체 줄거리를 모두 알 수 있다는 겁니다.

이 모든 게, 설명충이 빙의한 등장인물들 덕분이지요!

고마워요 설명충!

짜잔

아, 엔딩 장면 잠깐 보고 갈까요? 엔딩에 보면 딸과 딸의 남친에게 결혼을 허락해주는 장면이 나옵니다.

후덜덜

그런데 이때 딸의 남친 눈빛을 자세히 보시면 겁에 질려 있어요.
당연합니다. 생각해보세요.

"여보, 국이 좀 짜." 혹은 "여보, 이번 달 관리비가 좀 많이 나왔네?"

한마디하면 부인이 장인어른에게 전화를 드리고
사위는 다음 날 벌집이 된 채 발견되겠죠.

아이 노우
후 유아.

그러니까 오늘의 아빠는 겁나 쎄요.

깝치지 말고 다들 조심하십시오.

이게 아부지도 없는 게 까부르…

철컥

그러나 잭 바우어가 출동한다면 어떨까?

잭!

바!

우!

흠칫 흠칫

눈 치

잭 바우어와 리암 니슨의 대결이라…

이미 있잖아?

누가 이기든
우리는 죽습니다.

그래서 오늘의 꿀팁.

범죄 조직을 운영해서
누군가를 납치할 땐

반드시 주민등록 등초본과 가족관계 확인서를 떼보시기 바랍니다.

아빠

오빠

삼촌

언제 어디서나

민원24

주민등록등본과
가족관계 확인서는
집에서 인터넷으로
발급받을 수 있다는 거,
다들 아시죠?

반대로, 여러분이 납치당했을 때 누가 저렇게 묻는다면

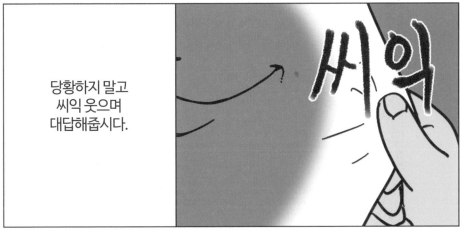

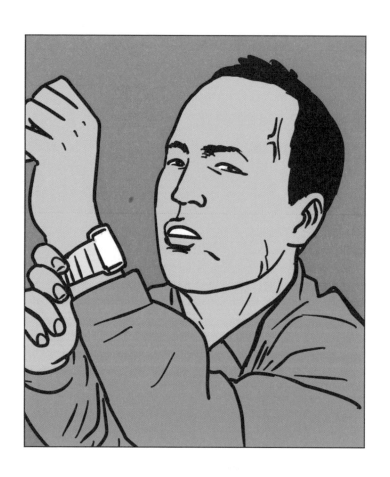

HER

오늘의 꿀팁

운영체제가 바람을 피우면 너도 피우십시오. 부트캠프로.

새로운 운영체제가
나왔습니다.

이름은 OS 1.

Welcome to Element Softaware's

OS¹

OPERATING SYSTEM

무려 말을 할 줄 아는
운영체제입니다.

말만 하는 게 아닙니다.

주인과 대화가 가능하고
주인이 원하는 걸 척척
처리할 수도 있으며,

식당 예약,
피아노 연주,
고민 상담, 여기서
끝이 아닙니다.

신음 소리도 냅니다.

무려

스칼렛 요한슨의
목소리로!

스칼렛!

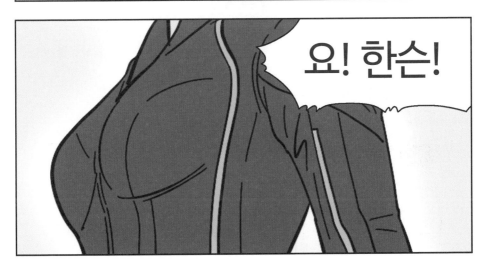

요! 한슨!

질 수 없다!

시리, 병신년이 언제지?!

주인님! 고운 말을 쓰셔야죠!

2016년이라고 왜 말을 못 해!

시리는 틀렸습니다.

그레고리력도 모르다니 글러 먹었군요.

그래서 오늘의 결론은

스칼렛 요한슨이 시리보다 낫다는 겁니다.

운영체제한테 차였다고?

....

내 숨김 폴더를 내가
볼 수 없다는 뜻인가요?

스칼렛 요한슨이
스카이넷이었습니까?

아오비백!

아니, 그 전에

스칼렛 요한슨이
나오질 않습니다!

이게 영화입니까?

까오

영화 내내 남자 혼자 나와서
허공에다 대고 실실 웃으며
맨정신으로는 도저히 할 수 없는
낯뜨거운 대화를 합니다.

정말 소름이 끼치네요.
미래에는 저래도
되는 겁니까?

허공에 대고 음침하게 웃으며
사만다쨩, 아이시떼루요. 하면서
거리를 걸어도 된다구요?

사만다
사랑해!!

정말 세상이
미쳐 돌아가고
있습니다.

64

이 미친 영화를 자세히 봅시다.
분명히 잘생겼는데 일부러 못생겨 보이려고
안경 쓰고 수염 기르고 배바지 입는 남자,
테오도르가 이영화의 주인공입니다.

그는 손편지를 대신 써주는
회사에서 일하고 있는데요.

손편지를 써준다 그래 놓고
컴퓨터로 씁니다.
이거 사기 아닙니까?

방 청소한다고 해놓고 바탕화면에서
휴지통 비우는 거랑 뭐가 다릅니까?

노르웨이산 제주 갈치와
뭐가 다르냐구요.

그러나 어쨌건, 손편지를 받는다는 건 정말 멋진 일이죠.

저도 몇 번 받아봤습니다. 1년에 한 번씩은 받아요.

정성스레 쓴 손편지를 받을 때마다 너무 흥분되고 동공이 확장되며 손이 부들부들 떨립니다.

바로 예비군 통지서죠.

고맙다 조국아. 고맙다 상근아.

이 영화에는 주인공이 셋 있습니다.
테오도르는 두 번째 주인공이죠.
세 번째 주인공은 영화의 배경,

바로 도시입니다.

첫 번째 주인공?
OS 1, 사만다죠.

사만다는 단순히 프로그래밍 된
운영체제의 한계를 넘어
스스로 학습하고 인간의
본성을 관찰하여 결국 감정과
욕구까지 획득합니다.

이거 어디서 많이 본
캐릭터 아닌가요?

우리는 이미 이런 존재를
잘 알고 있습니다.

그렇습니다.
바로 기생수죠.

모든 면에서
닮았습니다.

영화에서 사만다와의
베드 신이 있는데
기생수를 상상하며 보시면
더욱더 로맨틱한 감동을
받을 수 있을 겁니다.

으아아아악!!

신이치~

가만있어,
천국을 보여줄게.

그런데!

모두가 기대했던, 영화의 하이라이트,
스칼렛 요한슨의 베드 신이
암전으로 처리되고 소리로만 나와서
논란이 되고 있는데요

여러분은 아마 너무 분해서 턱을 딱딱딱딱 손을 부들부들 다리를 호로로롤롤ㄹ로로롤 떨면서 눈물까지 났습니다.

아니, 났을 겁니다.

그러나 여러분, 동요하지 마십시오.

예술의 완성은 관객의 상상입니다.

이 장면을 완성해봅시다.

저와 함께.

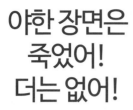

야한 장면은
죽었어!
더는 없어!

하지만 내 등에,
이 가슴에,
하나가 되어
계속 살아가!

나를 누구라고
생각하느냐!

나는 나다!

관찰하고 습득하고 성찰하며
사만다는 빠르게 성장합니다.
끝내는 테오도르의 상식을
넘는 행위까지 하게 되죠.

사만다의 성장 혹은
팽창이 너무나 빨라
테오도르의 세계관으로는
이해할 수 없게 되는 겁니다.

사만다는 사람이 아닙니다. 운영체제죠.
사만다가 테오도르를 사랑하게 되었을 때,
테오도르로부터 넌 사람이 아니라는
말을 듣고 큰 상처를 받습니다.

그런데 사만다의 성장이
테오도르의 울타리를 넘었을 때
이 장치는 반전되죠.

"넌 사람이 아니라서 이해할 수 없어."가
"넌 인공지능이 아니라서
이해할 수 없어."로 변합니다.

그리고 사만다가 그랬던 것처럼,
테오도르 역시 마음의 상처를 입습니다.

시어무룩…

영화는 비현실적인 설정과
정확히 명시되지 않은
미래 사회를 바탕에 두고 있습니다.

나 OS랑
사귀고 있어.

짱 부럽당.

이 세계관에서는 OS와의 사랑이나
관계를 거리낌 없이 밝히고 또한
그것을 인정하기까지 하는 사회죠.

차는 혼자
타먹어도 맛있다.

우리는
무적의
솔로부대다.

세 번째 주인공이 도시라는 건
그런 의미입니다.
영화에 나온 장면들을 돌이켜보면
이 사회의 모든 인간은 혼자죠.

이혼 소송 중인 주인공은 물론이고
오랜 기간 커플이었던 주인공의
친구들마저 갈라섭니다.
직장 동료 커플이 나오지만 그 커플도
영원할 수 없다는 걸 우리는 알고 있죠.

즉, 이 도시는 혼자들의 도시입니다.

길거리의 많은 사람들은
각자 핸드폰을 들고
누군가와 대화하고 있어요.
모두가 누군가와 대화하고 있지만
혼자입니다.

우리의 현재와 비슷한데,
차이가 있다면,
그들은 실제로 웃고 있고
우리는 무표정으로 키역만
연타한다는 것뿐이죠.

ㅋㅋㅋ

ㅋㅋㅋ

그래서 외로워요.
대화의 양은 많은데
그 질은 형편없습니다.
그 누구도 자신의 감정을
표현하지 못하는 세상이죠.

타인과의 관계에서
뭐가 문제인지 정확히 모르고
왜 자신을 이해하지 못하는지
섭섭해합니다.

소통의 범람, 그러나 껍데기뿐이죠.
가장 원시적이고 순수할 거라 생각했던
손편지마저도 돈을 내고 대필하는 세상입니다.

주인공의 친구가 티벳으로 떠나
묵언수행을 하는 것은 모든 소통의
채널에서 이탈한다는 뜻입니다.

이 이탈이 공포인지 해방인지는
우리가 잘 알고 있죠.

그래서 테오도르는 사만다를
사랑하게 된 겁니다.
내 마음을 이해해주고
나만 사랑해주는 운영체제

뭔가 제대로 소통
되고 있다는 그 느낌에
인간과 운영체제라는 장벽쯤은
너무나 쉽게 허물어지는 거예요.

관계에서 중요한 건 그 대상이
누구냐가 아니라는 겁니다.

심지어 언어조차 장벽이 될 수 없죠.
고양이 집사를 자처하고 강아지를
가족으로 받아들이는 것.

말이 안 통해도,
상대가 사람이 아니어도
마음과 생각을 표현할 수 있고
이해할 수 있다면

그것이 바로
관계인 거죠.

그렇다면
'매우 특별한 관계',
사랑은 어떨까요?

업데이트로
성장한 사만다는
테오도르만의 전유물이
아니었죠.

Welcome to Element Softaware's

OS¹

OPERATING SYSTEM

그녀는 6천 명이 넘는
이용자와 소통하고 있었고

심지어 400여 명의 인간과
사랑하고 있었습니다.

테오도르는 그것을
인정할 수 없었죠.

그에게 사랑은
내 꺼야 아니야?
하는 것이었으니까요.

테오도르는 언제나
미지의 세계를 홀로 걷는
인간이었죠.

전 부인이 그를 떠났던 것도,
그가 함께할 수 없는,
사랑과 소유를 구분하지 못하는
단절의 인간이었기 때문입니다.

테오도르가 인정하건 말건,
그들의 관계는 끝났습니다.
테오도르는 사만다를 보내줬고
회색 도시에서 무채색 셔츠를
입습니다.

그의 셔츠가 컬러에서 흑백으로 바뀌는 것은
그가 타인과 섞일 수 없는 존재에서
이제 색을 받아들여야하는
존재로 변했음을 뜻하겠죠.

영화는 비현실적인 설정과
미래 사회를 배경으로 하고 있지만
사랑은 소유와 다르다는 아주
오래된 진리를 말하고 있습니다.

즉, 어린 왕자를
영화로 만든 셈이죠.

그런데 제가 좀 전에 뭐라고 했죠?
사랑은 소유와 다르다고 했나요?

다르겠죠.
둘 다 해본 적이 없어서
모르겠지만.

그렇다면, 우리는 이제 조금
다른 생각을 해봅시다.

사랑은 소유와 다릅니다.
하지만 소유 없이
사랑할 수 있습니까?

즉, 당신은 사랑하는 존재를
공유할 수 있습니까?

이 영화가 단순한
어린 왕자 이야기는
아닙니다.

사실 잔잔한 화면 뒤에
아주 날카로운 칼을
숨긴 암살자죠.

〈그녀〉가 묻습니다.

당신은 소유하지 않고
사랑할 수 있는가.

테오도르는 받아들일 수 없었죠.
그래서 그는 다시 혼자가 됩니다.

이 영화가 등 뒤에 감춘
그 날카로운 칼을 꺼내봅시다.
그 칼의 이름은, 어디 보자.
이렇게 쓰여 있군요.

The Age of Access

"소유의 종말"

우리는 비디오테이프나
DVD를 소유했었습니다.
그러나 지금은
스트리밍으로 보고 있죠.

우리는 진열장을 CD나
테이프로 채웠습니다.
그러나 지금은 어딘가에
로그인을 하죠.

이것이 소유의 종말입니다.
클라우드와 스트리밍의 시대,

소유가 아닌 접속,
로그인의 시대입니다.

이 영화가 사랑
이야기냐구요?
맞습니다.

어린 왕자를 영화로
만들었냐구요?
맞습니다.

하지만 하나가
더 있습니다.

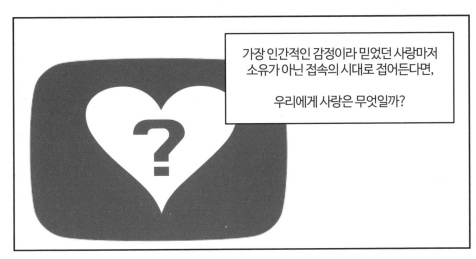

가장 인간적인 감정이라 믿었던 사랑마저
소유가 아닌 접속의 시대로 접어든다면,

우리에게 사랑은 무엇일까?

그것을 받아들일 수 있을까?

아끼고 애태우고

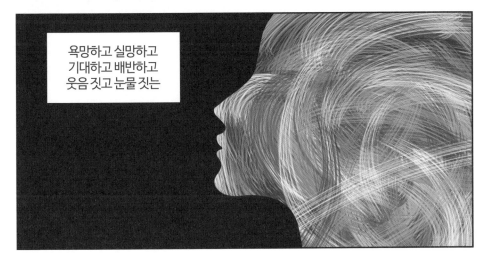

욕망하고 실망하고
기대하고 배반하고
웃음 짓고 눈물 짓는

이 사랑이라는 이름의
클라우드 서비스

접속하시겠습니까?

주인공,
테오도르는
어떤 선택을
했던가요?

그는 접속을
종료했습니다.
그러고는
친구에게로 갑니다.

오프라인 관계를
선택했군요

이는 감독이 제시한 가장
안전한 결말일 겁니다.

그렇다면 여러분의 결말을
말씀해보십시오.

저요? 저는 안 할 겁니다.

스칼렛 요한슨이
안 나오니까!!!

85

이 영화는 비현실적인 설정과 미래 사회를 배경으로 하고 있다고 했나요? 죄송합니다. 제가 틀렸어요.

하드디스크와 결혼한 남자!!

부기영화 그림작가?!!

이미 우리 앞에 놓인 현실입니다.

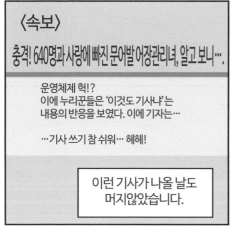

〈속보〉

충격! 640명과 사랑에 빠진 문어발 어장관리녀, 알고 보니….

운영체제 헉!?
이에 누리꾼들은 '이것도 기사냐'는 내용의 반응을 보였다. 이에 기자는…

…기사 쓰기 참 쉬워… 헤헤!

이런 기사가 나올 날도 머지않았습니다.

이쁘고 잘생긴 것들을 골라 운영체제로 만든 뒤 공유합시다!

이것이 공유경제고, 이게 바로 소유의 종말입니다 여러분!!

마이크로소프트? 애플? 다 꺼져!

운영체제를 SOD에서 만들게 합시다!!!

부기영화의 역사

딱히 역사라고 할 만한 것은 없습니다. 웹툰에 역사가 어딨어요? 그냥 한 주 한 주 뺑이치다 보면 연차 쌓이는 거죠. 그래서 오늘은 부기영화의 역사를 알아보는 대신 저의 억울한 사연을 좀 털어놓을까 합니다.

재료공학부라는 학과가 있습니다. 재료공학이 뭐냐면, 그냥 원재료 몇 개를 섞어서 끓이고 조지고 하는 건데요. 비브라늄 같은 게 나오면 돈방석에 앉는 거고 재수 없으면 비누 같은 게 튀어나오는 겁니다. 쉽게 말하면 가챠죠.

애 낳는 것도 비슷합니다. 이론상으로는 남편 IQ 70, 부인 IQ 80, 합쳐서 120 IQ의 천재를 출산하는 건데 이게 확률이 비밀입니다. 뭐가 나올지 모르는 거예요. 그러니까 못해도 3연가챠 정도는 시도해봐야 합니다. 운 좋으면 심청이 나와서 눈뜨는 거고 재수 없으면 저나 여러분 같은 게 나오는 거죠.

그러니까 인생사 모든 것이 가챠인 겁니다. 결국 다 운빨이에요. 여러분이 지금 보고 계신 이 책, 이 책이 이런 책인 줄 알고 사신 겁니까? 아닐 거예요. 표지만 보면 무슨 주식정보 책처럼 생겼거든요. 물론 의도한 겁니다. 여러분도 좀 당해봐야 해요. 저희가 왜 느낌이 있는 책이랑 손을 잡았는지 아십니까? 이 출판사가 보니까 건강 도서 전문 출판사였어요. 의사들이 자기 전문 분야의 건강 정보를 알려주는 책을 주로 출판더라구요. 이거다! 싶었죠. 약 사이에 독을 타는 겁니다. 허리 디스크 관련 책 세 권 사면 그 사이에 부기영화를 한 권 끼워 넣는 거죠. 그러니까 허리 디스크 때문에 고생하는 환자 셋 중 하나는 부기영화를 보게 될 거예요. 물론 억울하겠죠. 그러나 제가 겪었던 억울한 일에 비하면 아무것도 아닙니다. 잘 들어보세요. 제가 며칠 전에 을지로에 갔는데….

그래서 오늘은, 미친놈들에게 지쳐버린 당신을 위해 준비했습니다.

스승과 제자가

오해와 다툼 끝에

서로를 이해하고 사랑하며 아름다운 합주를 만들어내는 힐링 영화!

할 줄 아는 것이라곤

덕담과,

서둘러 제자의 뺨
어루만지기뿐인
바보 선생과

그런 선생님께 달려가
와락 안기는
순수한 제자의 영화!

WINNER | GRAND JURY PRIZE | SUNDANCE
AUDIENCE AWARD | 2014

"'WHIPLASH' DIDN'T JUST RAISE THE BAR — IT ELECTRIFIED
THE SPIRITS OF EVERYONE WHO SAW IT,
INCLUDING ME. IT CONFIRMS THAT MILES TELLER IS TRULY A SPECTACULAR ACTOR. DAMIEN CHAZELLE
IS A TRUE DISCOVERY, WITH ALL THE GIFTS AND INSTINCTS OF A BORN FILMMAKER."
Owen Gleiberman, ENTERTAINMENT WEEKLY

"EXHILARATING."
Wesley Morris, GRANTLAND

"A WORK OF BRAVURA FILMMAKING,
ANCHORED BY EXTRAORDINARY PERFORMANCES FROM MILES TELLER AND J.K. SIMMONS.
SIMMONS ABSOLUTELY DOMINATES EVERY FRAME OF THE PICTURE."
Matt Goldberg, COLLIDER

"AN EXTRAORDINARY FILM."
Joe Neumaier, DAILY NEWS

"'WHIPLASH' WILL HAVE AUDIENCES CHEERING
AND BEGGING FOR AN ENCORE."
Travis Hopson, EXAMINER.COM

"IN ITS FEVERISH TEMPO, 'WHIPLASH' MOVES LIKE A THRILLER - AS METICULOUSLY
PRECISE, AND AS THRILLINGLY VOLATILE, AS THE MUSIC IT CELEBRATES

ASTOUNDING."
A.A. Dowd, ONION AV CLUB

"'WHIPLASH' CAREENS INTO THE UNEXPECTED
BEFORE COMING TO A JAW-DROPPING CLOSE."
Chris Martins, SPIN

"PROVOCATIVE AND EMOTIONALLY INTENSE.
A MUSCULAR AND ACCOMPLISHED WORK OF KINETIC CINEMA
BUILT AROUND TWO TREMENDOUS ACTING PERFORMANCES."
Andrew O'Hehir, SALON

"ELECTRIFYING."

"MILES T   LATION."

"BOTH INT   LENGING
AND D   TAINING."

MILES TELLER   J.K. SIMMONS

WHIPLASH

CANNES FILM FESTIVAL • TORONTO FILM FESTIVAL • NEW YORK FILM FESTIVAL

A SONY PICTURES CLASSICS RELEASE A BOLD FILMS PRESENTS A BLUMHOUSE | RIGHT OF WAY PRODUCTION A DAMIEN CHAZELLE FILM "WHIPLASH" MILES TELLER J.K. SIMMONS PAUL REISER
EDITOR TERI TAYLOR, C.S.A. MUSIC NICHOLAS BRITELL MUSIC SUPERVISOR ANDY ROSS COSTUME JUSTIN HURWITZ SCORE JUSTIN HURWITZ EDITOR TOM CROSS PRODUCTION MELANIE PAIZIS-JONES
DIRECTOR OF PHOTOGRAPHY SHARONE MEIR PRODUCED JASON REITMAN GARY MICHAEL WALTERS COOPER SAMUELSON JEANETTE VOLTURNO-BRILL EXECUTIVE PRODUCERS JASON BLUM HELEN ESTABROOK MICHEL LITVAK DAVID LANCASTER
WWW.WHIPLASHMOVIE.COM   WWW.SONYCLASSICS.COM
WRITTEN AND DIRECTED BY DAMIEN CHAZELLE
R | RESTRICTED   BOLD   SONY PICTURES CLASSICS

94

위플래쉬.

WHIPLASH

채찍질이라는 뜻이죠.

왜 또 얼굴을 붉히고 그러십니까?

대체 뭐가 궁금하신 거죠?

대체 제가 무슨 말을 해주길 원하십니까?

당신이란 사람,
정말 어쩔 수 없군요.

되도록 영화 리뷰에 집중하고 싶은데
그렇게 간절히 원하시니
짧게 설명드리겠습니다.
잘 들으십시오.

여러분이 좋아하시는 채찍이
가축을 몰거나 고문을 하는
채찍은 아니겠죠.

침대 위에서 노예를 부리는
그런 채찍 아닙니까?

그렇다면 보통 두 가지를
많이 쓴다고 할 수 있죠.

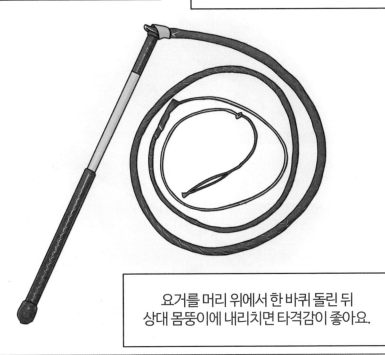

이건 StockWhip이라 불리는
양치기용 채찍입니다.
네, 여러분이 가장 좋아하시는
그 채찍 맞습니다.

보통, 상대를 눕힌 뒤 밟고 선 채로
공중에서 휘두르는 채찍이죠.

요거를 머리 위에서 한 바퀴 돌린 뒤
상대 몸뚱이에 내리치면 타격감이 좋아요.

침대 위 노예를 호출하기 위해서
양손으로 잡고 느슨하게 풀었다가 확 당기면
짝! 소리가 나는 부가기능도 있죠.

이건 가죽 벨트로도
쓸 수 있으니 참고하십시오.

하지만 제가 더 좋아하는… 아,

여러분 중 누군가는 이걸 더 좋아하실 겁니다.

바로 꼬리 아홉 달린 고양이죠. 정식 명칭은 Cat-O-Nine-Tails.

요거는 내리치는 게 아니라

끝을 살짝 대고 빙글빙글 돌리면서 흐흐흫ㅎㅎ흐흐흫

자, 영화를 봅시다.

이 영화는 내용이랄 게 별로 없어요.

그냥 앉아 있으면

북 치는 소년은
표정이 다양한데요.

드럼 치는 장면에서
드럼 말고 다른 걸
치는 표정이 나옵니다.

그것도 1분에 300대씩
치는 표정이죠.

그러니까

드럼을 치면
못생겨집니다.

드럼 좀 작작
치십시오.

저는 15년밖에
안 쳤습니다.

또 다른 주인공은
대머리 근육남입니다.

대머리 근육남은
욕을 잘해요.

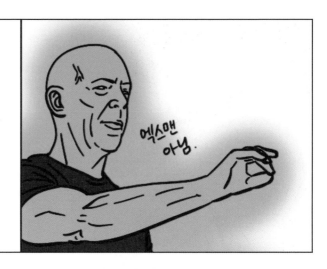

엑스맨
아님.

경상도와 전라도, 충청도와
강원도의 욕을 모두 섭렵하고 있는
제가 보기에 이 사람,
보통이 아닙니다.

전문가의 눈으로 보면
욕의 억양과 세기 및
호흡을 어떻게 다루느냐에
따라 등급이 나뉘는데,

이분은 적어도
마스터급입니다.

가장 먼저 느껴지는 특징은
바로 차진 타격감입니다.

또한 느끼하지 않고 담백하게
떨어지는 궤적도 일품이죠.

심플해 보이지만 구질이 현란하죠?
이런 게 바로 정중동(靜中動)입니다.

표정을 수시로 바꿔가며
가장 아픈 곳만을 노리는
하이에나 같은 면모도
보이는데요.

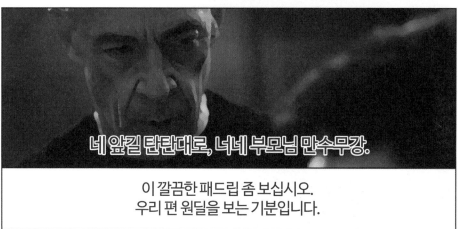

네 앞길 탄탄대로, 너네 부모님 만수무강.

이 깔끔한 패드립 좀 보십시오.
우리 편 원딜을 보는 기분입니다.

한국에서 이분의
대항마를 내리려면
적어도 헬미넴 정도는
오셔야 할 겁니다.

헬미넴
first single

feat 헬머니

야! 니 눈엔 내가 그리 천진난만하게 뵈~냐?
욕이라는 건 말이다 옘병딴통에
갈아버릴 속병에 걸려 가지고
딱청이 끊어지면 끝나는 거고
시베리아 벌판에서 얼어죽을X 같으니
십장생 같으니 옘병딴통에....

첫째, 그는
자기 관리가
뛰어납니다.

균형 잡힌 몸매나
근육, 옷 맵시

즉, 그는 매일 꾸준한 운동과
자기 관리를 통해 욕태미너를
유지하고 있습니다.

둘째, 그는 표정이 최고의 언어라는 걸 알고 있습니다. 그가 욕하는 표정을 자세히 보세요.

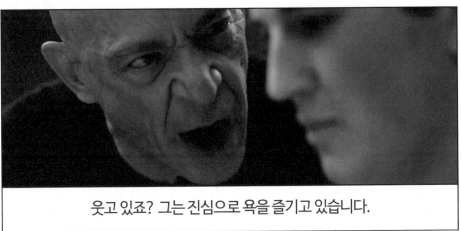

웃고 있죠? 그는 진심으로 욕을 즐기고 있습니다.

그렇습니다.

타고난 자는 노력하는 자를 이길 수 없고 노력하는 자는 즐기는 자를 이길 수 없다.

휘오옹—

지금 웃은 사람 누구야!!!???

웃어? 대머리가 우습습니까?

너의 풍성함이 노력으로 얻은 상이 아니듯, 그의 대머리도 잘못으로 받은 벌이 아닙니다!

성경에도 대머리를 놀리니까 곰이 나타나서 다 찢어 죽였죠?

예수는 알고 있었던 겁니다. 대머리의 고통을!

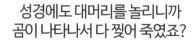

세 번 나오는데요.

팝콘 팔고,

지 턱이 못생겼답니다.
이쁘고 잘난 것들이 어떻게든 오징어 무리에 끼고 싶어서
억지로 생각해낸 콤플렉스가 고작 그 턱?

이런 식의 기만, 더는
두고 볼 수 없습니다.

진짜 못생긴 게 뭔지

이제는 여러분이 나서서
보여줄 때입니다.

자, 본론은 여기까지 하고 심심하니까 영화 이야기나 해볼까요?

이 영화 참 골때리는데요.

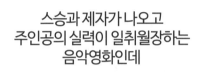

스승과 제자가 나오고 주인공의 실력이 일취월장하는 음악영화인데

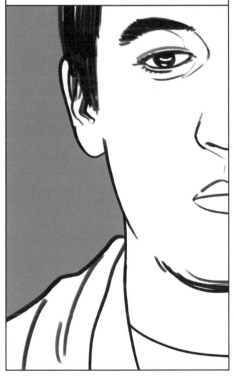

훈훈한 맛이나 성취감 따위는 전혀 없어요.

오히려 광기에
사로잡힌 주인공이

더 광기에 사로잡힌
스승 밑에서

가족이나 연인 같은,
일반적인 삶의 가치를
모조리 던져버립니다.

안녕히 계세요, 여러분! 저는 드럼 열심히 쳐서
개 쩌는 드러머 되러 떠납니다!

멀쩡한 여친도
차버리고

멀쩡~

집에 가자는 아빠도
거부해버리죠.

아들아~

이 영화는 미친
폭주기관차 같습니다.

주인공이 고난을 극복하고
성장하는 이야기?

앙숙 같던 사제지간이
오해를 풀고
화해하는 이야기?

그딴 건 없습니다.

그 대신 자신의
모든 인생을 조져가면서
한 점을 향해 무한질주로
돌파하는 쾌감이 있죠.

스승이 나쁜 놈이다,
제자가 더한 놈이다.
그런 생각할 필요가 없습니다.

사실 감독은 이 둘이
거의 같다는 걸
영화 초반에 보여주거든요.

주인공의 연습을 밖에서 몰래 지켜보던 게 누구겠어요?

그리고 주인공도 스승의 연습을 몰래 지켜보죠.
둘이 똑같다, 둘의 성향이 같다, 같은 부류의 인간이다, 라는 겁니다.

연출 측면에서 특이한 점이 하나 있는데 전체를 안 보여준다는 겁니다.

시각적으로도 그렇지만 청각적으로도 그렇습니다. 쉽게 말하면,

끊고, 끊고, 끊죠.
계속 끊으면 불안해집니다.

음악이 끊겼을 때의 불안감과 아무런 음악이 흐르지 않는 침묵이 관객의 숨통을 조입니다.

이 영화가 선사하는 대표적인 긴장감이죠.

시각적으로도
마찬가지입니다.

카메라가 멀리서 담는
장면이 별로 없어요.

멀리서 담으면 우리는
전체를 볼 수 있죠.
전체를 보면, 상황을
파악할 수 있고

주인공의 입장을 객관적으로
이해할 수 있게 됩니다.

하지만 그러면 안 되죠.
이 영화는 객관적으로 조망하고
판단하는 영화가 아니라,

이 작은 점으로 미친 듯이 빨려
들어가야 하는 영화니까요.

그래서 영화가 이렇게 쭉 가까워지는 카메라 움직으로 시작하는 겁니다.

그래서 이렇게 작은 것들을 착착착 보여주면서 혼을 뺍니다.
관객이 전체적인 그림을 보지 못하게 하는 거죠.

그리고 이런 식의 장면 연출은
주인공의 인생관과도
연관되어 있습니다.

영화 초반부의
한 장면을 보시죠.

"너도 나이가 들면 시야가 넓어진단다."
"저는 시야가 필요 없어요."

이렇게요. 감독이 이미 엄포를 놓은 거죠.
조망, 관조, 전체적인 그림 이딴 거
필요 없다. 오직 집중뿐이다.

이렇게 시각, 청각적으로 조여놓고
불안감과 긴장감으로 요리해대니
관객들은 정신을 차릴 수가 없습니다.

관객은 아주 작은 시야에 갇혀서
자꾸만 끊기는 음악과 불청객 같은
침묵을 온몸으로 버티게 되죠.

그래서 엔딩이 폭팔할 때,
관객도 함께 폭팔하는 겁니다.

그 와중에 명장면이 하나 나오는데요.

세 명의 드럼 주자가 돌아가면서 드럼을 치는 장면인데…

올때가 됐는데 · · ·

아, 저기 오는군요!

부릉

부릉

개노답
삼 형제다!

개노답
삼 형제!

지 악보 남에게
맡겨서
잃어버리는 놈

의학적인 문제죠.

분위기 파악 못 하고
실실 웃는
아일랜드 촌놈

잘 지냈냐, 앤드류?

셋 중에 가장 악질인
안전벨트도 안 하고
운전 중에 전화하는 놈,

이놈은 지가 왜
욕먹는지도 모를 거야.

신호 줄게요!

영화를 보신 분이라면
모두 생각하실 텐데요.

아무리 예체능계라지만,
이건 너무 심한 거 아닌가?

〈블랙스완〉처럼, 어떤 예술가들은
자신의 상황을 극한까지 몰아붙여서 발전을 꾀합니다.
굳이 〈블랙스완〉까지 가지 않더라도
우리에겐 〈서편제〉라는 훌륭한 비교대상이 있지요.

나는 배역에
미쳤어.

나는 드럼에 미쳤어.

임채무
아님

주륵

나는 아빠가 미쳤어.

〈서편제〉에서 아빠는 딸의 목청을 틔우기 위해
눈을 멀게 해버립니다.
판소리 고유의 감성인 '한'을 극대화하려는 거였죠.
눈이 먼 딸은 이후 불행한 삶을 거치며 명창으로 거듭납니다.

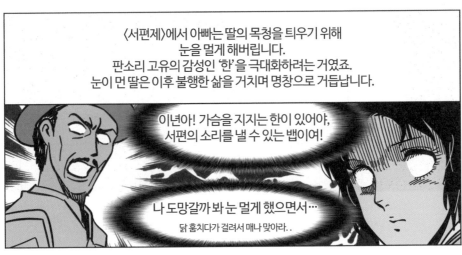

이년아! 가슴을 지지는 한이 있어야,
서편의 소리를 낼 수 있는 뱁이여!

나 도망갈까 봐 눈 멀게 했으면서…

닭 훔치다가 걸려서 매나 맞아라..

이게 좋은 건지 저는 잘 모르겠어요.
그러나 분명한 건, 우리가 즐기는 많은 분야의 예술에서
당연하다는 듯, 쉽고 자주 일어나는 일이라는 겁니다.

〈부기영화〉 급소가격, 여빛

급소가격   여 빛

〈머시니스트〉 크리스챤 베일

〈내사랑 내곁에〉 김명민

이런 세태에 대해
어떻게 생각하십니까?

. . .

라고 묻는 게 큰 의미가
없을지도 모릅니다.

왜냐하면 우리는, 우리가 동의하건 동의하지 않건
이 광적이고 부조리한 과정에서 짜인 과즙을 즐기며 살고 있으니까요.

마지막으로 한 가지만 짚고 갑시다.

이 영화의 엔딩, 정말 대단하죠?

입이 떡 벌어지고 다리가 오들오들 떨릴 정도로 전율 가득한 10분이었는데요.

이건 직접 보시는 게 나으니 제가 말을 아끼겠습니다.

그런데

이 영화의 마지막 대사가
뭔지 아십니까?

마지막에 스승과 제자가
눈으로 교감하며
엔딩을 장식할 때,

카메라는 두 사람의
코 아래를 잘라내고
눈만 보여주는데요.

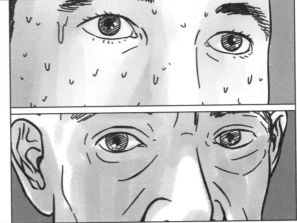

의도적으로 입을 가렸죠. 장면을 자세히 보면,
스승의 팔자주름이 들썩거리며 뭐라고 말을 합니다만
카메라는 그걸 보여주지 않습니다.
즉, 감독이 마지막 대사를 숨긴 거죠.

그 대사가 뭘까요?
감독이 숨긴 마지막 대사.

그렇습니다.

"굿 잡."

아닐 수도 있습니다. 감독이 의도적으로
화면에서 입을 잘랐으니 알 길이 없죠.
그냥 상상해보는 거예요.

저는 "굿 잡."이라고
상상했습니다.

왜?

감독이. 굿잡을.
지웠으니까.

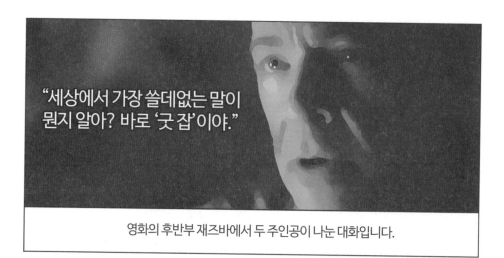

"세상에서 가장 쓸데없는 말이 뭔지 알아? 바로 '굿 잡'이야."

영화의 후반부 재즈바에서 두 주인공이 나눈 대화입니다.

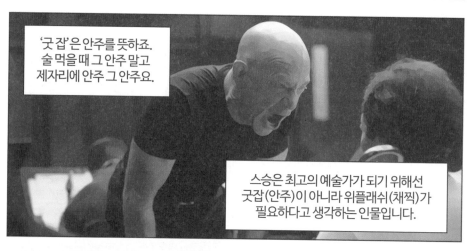

'굿 잡'은 안주를 뜻하죠. 술 먹을 때 그 안주 말고 제자리에 안주 그 안주요.

스승은 최고의 예술가가 되기 위해선 굿잡(안주)이 아니라 위플래쉬(채찍)가 필요하다고 생각하는 인물입니다.

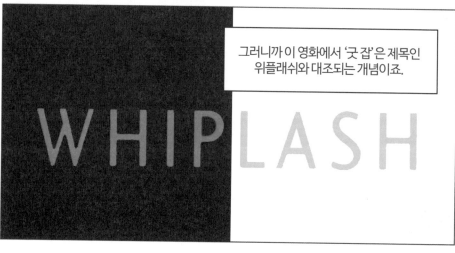

그러니까 이 영화에서 '굿 잡'은 제목인 위플래쉬와 대조되는 개념이죠.

그래서 감독은 "굿 잡."이라고
말하는 스승의 입을 자른 겁니다.

왜? 세상에서 그딴 말은
필요 없으니까.

제가 아까 스승과 제자가
똑같은 놈들이라고 했죠?

감독도 똑같은
놈이었습니다.

이 영화는
미친놈들의
영화예요.

그래서 오늘의 결론은 미친놈들을 조심하라는 겁니다.

특히 영화 리뷰 만화를 조심하십시오.

지금 슬슬 책 잘못 샀다고 생각하고 있죠?

뜯으면 반품 안 됩니다.

굿잡.

월E

오늘의 꿀팁

대사가 없어서 글작가가 날로 먹은 영화입니다.

음란한 로봇청소기가
인류를 엿먹이는
영화가 있습니다.

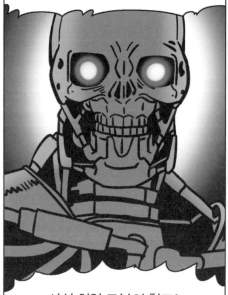

〈터미네이터〉와 〈매트릭스〉는
예고에 불과했다!

흐르는 물로 씻어내도
지워지지 않는 끔찍한 미래!

사상 최악 로봇의 횡포!
상상도 못 했던 로봇 성범죄!
절체절명의 위기에 빠진 인류!!

이 공포를 감당할 수
있겠습니까?

심장이 약하신 분들은
컴퓨터를 포맷하십시오.

인류가 떠난 지구,

월-E는 홀로 남아
청소를 하고 있습니다.

청소를 하는 것처럼
보이지만 사실,
여자 속옷을 찾는 중이죠.

집념의 월-E는
이 쓰레기 더미에서도
귀신같이 여자 속옷을
찾아냅니다.

찾았으면?
그다음엔?

냄새를 맡는군요.
소름이 돋습니다.

이래서 경찰이
필요한 겁니다.

여러분이 출근한 사이에
로봇청소기가 여러분의
속옷을 뒤지고 있다
생각해보십시오.

이제 아셨습니까?

왜 그동안
서랍장 속 팬티 순서가
바뀌어 있었는지.

이게 다가 아닙니다.
낮에는 일하는 척이라도 하죠.
밤이 되면 진면목을 드러냅니다.

자기 아지트에 틀어박혀서,

음란 동영상에 몰두합니다.

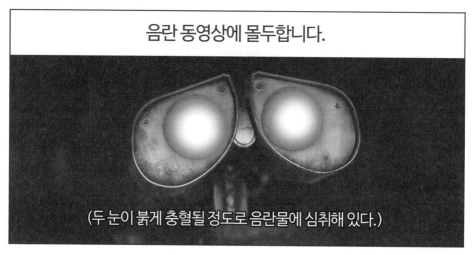

(두 눈이 붉게 충혈될 정도로 음란물에 심취해 있다.)

월-E가 보는 옛날 뮤지컬 영화의 노래 내용은 이렇습니다.
'빨리 옷 갈아입고 시내 나가서 여자나 꼬시자.'

이런 걸 혼자서 매일
700년 동안 봤습니다.

월-E는
더 이상 로봇청소기가
아니게 되었죠.

그는 광기에 물든
교미네이터,

단단히 응축된
성욕의 화신이었습니다.

이 와중에 이바가 나타났으니
월-E의 눈깔이 돌아버리는 것은
불 보듯 뻔한 일이었죠.

한기!!

위험해 이바! 도망쳐!!!

전래동화

효녀이~바

이바는 동네에서
소문난 효녀였어요.

인간들이 된장찌개에 넣을 만한
냉이를 캐러 지구에 온 이바는,
쓰레기 더미가 된 지구를
샅샅이 뒤지지만

도저히 냉이를 구할 수 없었어요.

이대로 빈손으로 돌아가면
인간들은 깊고 시원한
냉이된장찌개를
먹을 수가 없어요.

히잉~

이바는
다급해졌습니다.

이 엄동설한에
어디서 냉이를 찾죠?

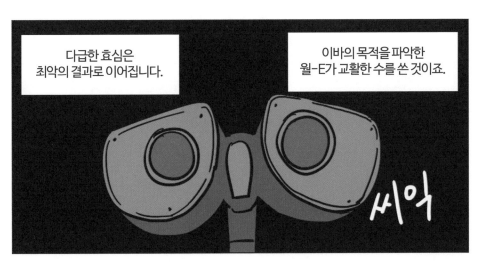

다급한 효심은
최악의 결과로 이어집니다.

이바의 목적을 파악한
월-E가 교활한 수를 쓴 것이죠.

월-E는 자기 집에
냉이가 있다며
이바를 꼬드깁니다.

그 말을 덜컥 믿고 월-E의
아지트로 향하는 이바.

관객석에서는
비통한 탄식이
흘러나왔지만,

냉~E
(우리 집에
냉이 있다.)

냉~EE??
(정말??)

쩡끗

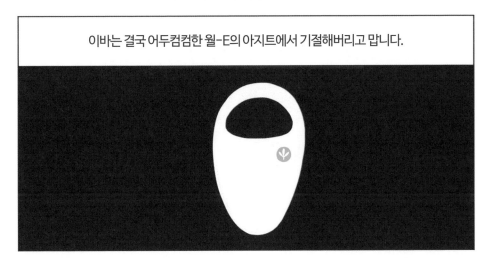

이바는 결국 어두컴컴한 월-E의 아지트에서 기절해버리고 맙니다.

기절한 이바를 마구 능욕하는 월-E!

이바를 메차쿠차 끌어쥐기도 하고

전기가 통하는 금속으로 이바를 괴롭히기도 하더니

급기야
밧줄로 꽁꽁 묶기도 합니다. 이 영화가 전체관람가였다는 사실을 잊지 마십시오.

(이바가 능욕당하는 장면, 관객석은 비명과 경악으로 가득 찼다.)

가까스로 우주선이 도착, 이바를 구출해 우주로 탈출하지만
700년 만에 여자를 만나본 광기의 로봇청소기를 멈출 수는 없었어요.

우주선에 필사적으로 매달린 월-E는
기어코 이바의 고향인 우주선 '엑시엄' 호까지 쫓아갑니다.

(색욕에 사로잡혀 이바의 뒤를 쫓는 미치광이 로봇.
아이를 극장에 데려온 부모는 환불해달라며 언성을 높였다.)

문득 저는 불길한 예감이 들었습니다.

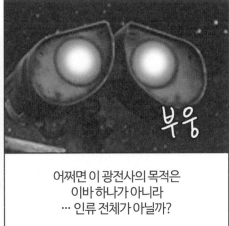

부웅

어쩌면 이 광전사의 목적은
이바 하나가 아니라
… 인류 전체가 아닐까?

슬픈 예감은 빗나가지 않았죠.

(우주선 곳곳을 오염시키는 로봇청소기)

(TV시청을 방해하는 모습)

(1차선 정속주행으로
교통을 마비시키는 모습)

그리고 끝내…

(이바의 한쪽 팔을 잔인하게 뜯어낸 뒤 레이저포를 쏴
범죄 로봇들의 감옥을 파괴하는 장면)

월-E는 혼돈의 전령이 되었습니다.

(폭력적인 로봇들을 선동해 어벗이(a-bot-E) 연합을 만들어 깽판을 친다.)

(다음 중 〈월-E〉를 고르시오. (3점))

다행히 모든 인간이 힘을 모아 월-E를 저지하고 지구로 추방,
월-E는 모든 기억을 잃게 되었지만

부웅ㅡ

흠

칫

공포 영화답게 다시 살아납니다.
관객들은 이유를 알 수 없이 잠겨버린 상영관의 출입문을
손톱으로 긁어대며 열어달라고 절규했다.

이것이 〈월-E〉의 대략적인 줄거리입니다.

〈엑소시스트〉, 〈오멘〉과 함께 3대 공포영화로 널리 알려져 있는데요.

영화가 개봉한 뒤 로봇청소기 집단 환불 사태가 벌어지기도 했죠.
우주선에 매달려 이바를 추격하는 장면은 아직도 잊혀지지 않습니다.

그러나 이 작품이 단순한 공포영화는 아닙니다.
받아들이기에 따라서는, 멜로 영화로 기억하는 분들도 있죠.

그것도, 아주 낭만적인.

이 영화를 다시 생각해봅시다.

주인공 월-E와 이바가 있고 배경은
쓰레기가 처리되지 않아 결국 인간들이
버리고 떠난, 미래의 지구죠.

인간들은 우주를 떠돌며 시간을 보내고
쓰레기 더미가 된 지구에서 월-E는
끝없이 청소를 하고 있습니다.

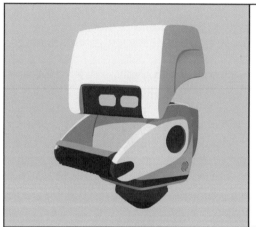

배경은 암울한 미래인데
내용은 애틋한 고전입니다.

인간들의 우주선, 엑시엄호에서의
장면들을 제외하면, 이 영화는
고전 무성영화에 가깝거든요.

미래를 배경으로 펼쳐지는 고전.
포스트 아포칼립스 속의 낭만적 순애보.
임무가 분명한 로봇들의 감정.

상반된 요소들이 이 작품을 특별하게 만듭니다.
그리고 상반된 요소 중 빼놓을 수 없는 것이 있죠.

지구는 너무나 크고 우주는 더욱더 큽니다.
공허하고 막막할 정도로 월-E가 마주하는 세상은 거대하죠.

그러나 모든 사건의 시작은

이 작은 손의 감정에서 시작됩니다.
공간은 크고 감정은 작습니다.

절망(쓰레기 더미)은 크고 희망(식물)은 작죠.
아주 큰 것과 아주 작은 것의 배치.
이 배치는 관객으로 하여금, 작은 것을 더 소중히 여기게끔 합니다.

큰 것에 대항하는 작은 것. 이 배치는 그 자체로 희망을 보여줍니다.
넓은 빈방에 초 하나 켜진 것처럼.

또한 인물들의
구성도 재밌습니다.

인류는 우주선에 갇힌 채
우주를 떠도는 난민입니다.
이 우주에서 인류는 고작
우주선 하나일 뿐이죠.

월-E도 혼자입니다.

쓰레기 더미 지구에 홀로 갇힌
700년 독거노인 신세니까요.

즉, 인류와 월-E. 이 둘은
아주 멀리 떨어진 혼자들이죠.

이 둘을 이바가 이어줍니다.
어떻게? 식물을 찾아
지구에 오면서.

그렇다면 이바는?
그렇습니다.

지구에 생명이
있길 바라는 희망이죠.

월-E와 이바는
그 자체로
희망과 사랑입니다.

인류가 다시 집에
돌아올 수 있었던 이유는
희망과 사랑이었습니다.

끝없이 캄캄한 우주를 가로지르는
아주 작은 사랑과 아주 작은 희망.

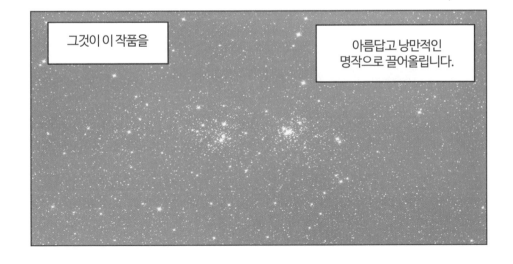

그것이 이 작품을

아름답고 낭만적인
명작으로 끌어올립니다.

그래서 오늘의 교훈입니다.
청소는 직접 하자. 그리고

700년 동안 청소를 하면
여친이 생긴다.

그것도 최신식 여친!

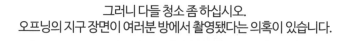

그러니 다들 청소 좀 하십시오.
오프닝의 지구 장면이 여러분 방에서 촬영됐다는 의혹이 있습니다.

엑…기스
모음집…
…8번…

이번 리뷰도 훌륭했다. 흑흑
독자들의 동심을 잘 지켜줬어.
단행본 내길 잘했어.

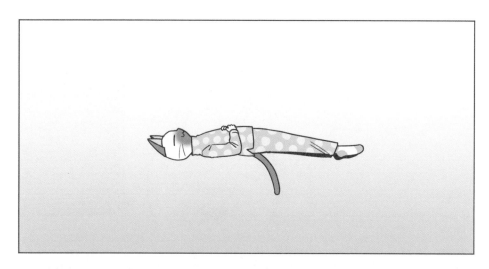

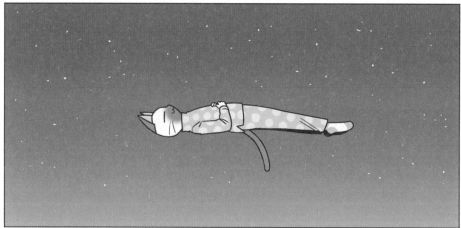

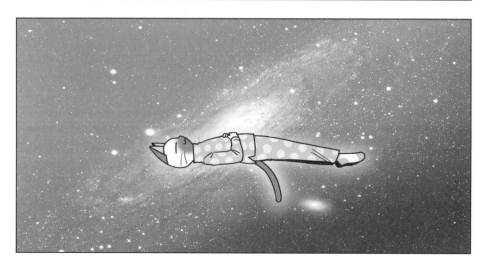

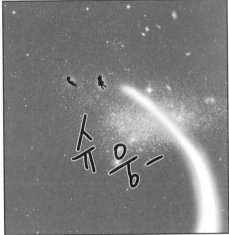

슈웅-

너구나? 영화 리뷰한다는 고양이가.

뭐야? 자는 거야?

에일리언

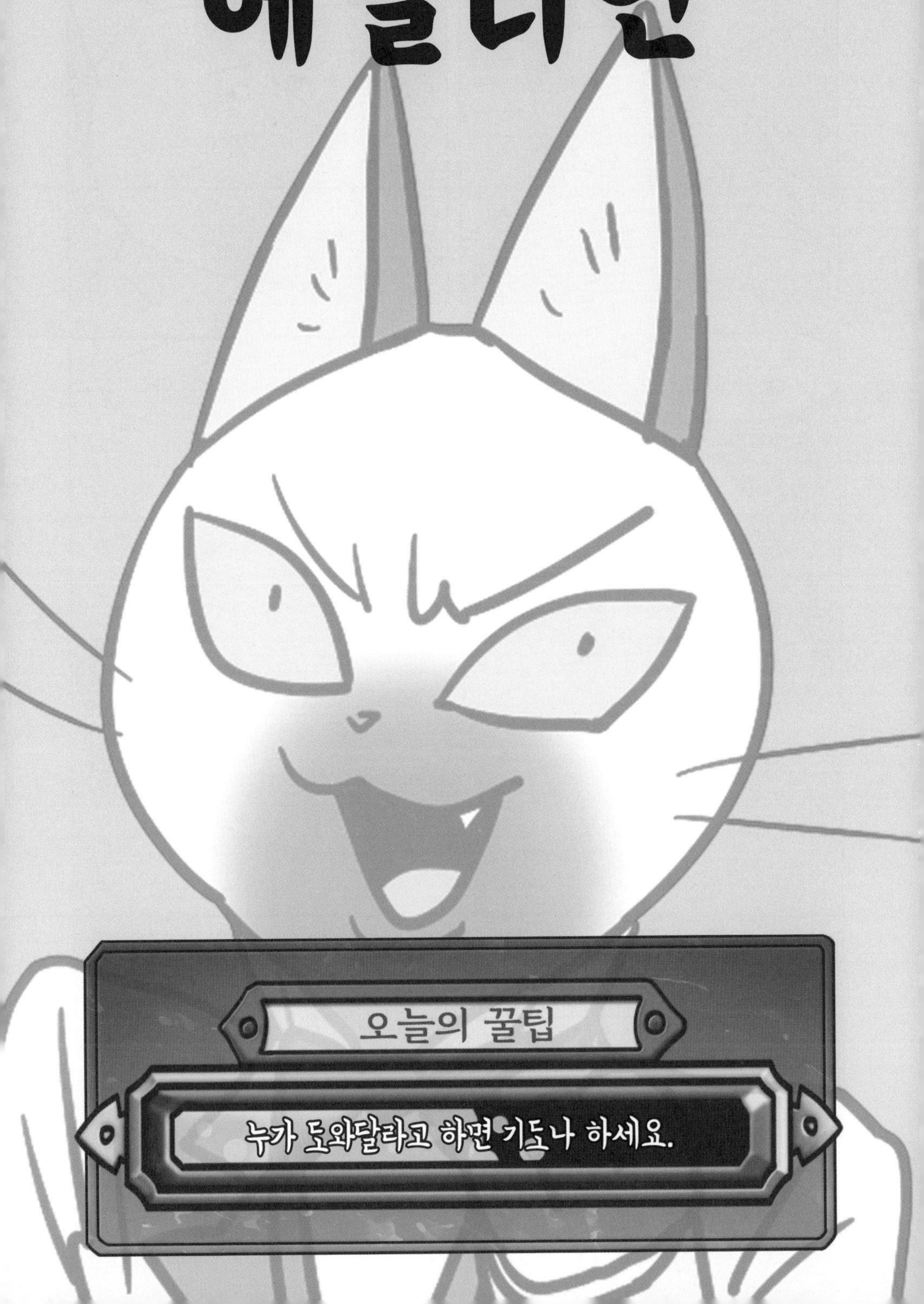

여… 여기가 어디요?

아, 안심하세요.
우주선입니다.

우주선? 그게 무슨 소리야?

이번에 리뷰해야 할 영화가
우주선에서 시작해.

이상하다 자고 있었는데
왜 갑자기…

그리고 넌 누구야?

그건 알 거 없고 빨리 나와봐.

이게 다 뭐야….

빨리 나에게 설명해.

여빛! 옷 바꿔줘.

헐?

아직 여빛 사용법은 모르는구나?

파 앗

날 납치한 거야? 요태까지 날 미행…

쉿.

조난신호가 올 거야.

In space no one can hear you scream.

ALIEN

TOM SKERRITT   SIGOURNEY WEAVER   VERONICA CARTWRIGHT   HARRY DEAN STANTON
JOHN HURT   IAN HOLM and YAPHET KOTTO

치직...
당나귀
삼공...

우주자원을 싣고 지구로 귀환하던 주인공 일행이 의문의 신호를 듣습니다.

그들은 이것을 조난구조 신호로 착각,
근처 행성에 착륙하여 신호의 근원지를 조사합니다.

그곳에는 한 입 먹은 크리스피 크림처럼 생긴 우주선이 있었죠.
그리고 그 안에는 아주 거대한 생물의 시체, 알 수 없는 장치들, 그리고

비법 간장이 담긴 것으로 추정되는 꿀단지가 있었습니다.

고이는 침을 참지 못해 꿀단지에 접근했던 승무원은
감칠맛 나는 비법 간장 대신 사은품으로 마스크팩을 얻게 됩니다.

의료진이 열심히 마스크팩을 떼어내보려 했지만
너무 일찍 벗기면 주름이 생기거든요.

게다가 저렇게 두툼한 걸 보니 디올 제품일 수도 있잖아요?

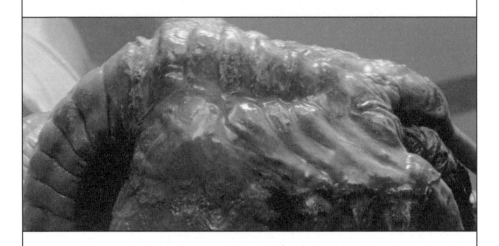

평소에 로드숍에서 사은품으로 주던 마스크팩만 쓰다가
어느 날 미지의 행성에서 그 비싸다는 디올 마스크팩을 얻게 됐는데
누가 와서 확 벗기면 얼마나 빡이 치겠어요?

그 사람의 인두겁을 벗겨도 시원치 않을 겁니다.
그래서 의료진은 마스크팩을 떼어내는 데 실패합니다.

그렇게 무사히 팩이 끝난 승무원.
어때요? 쌀뜨물에 참기름 띄운 것처럼
촉촉하고 빛깔도 고운 것이 역시 디올 정품이다 싶죠?

승무원과 동료들은 성공적인 피부 관리를
축하하기 위해 만찬을 벌입니다.

그러나 그들은 모르고 있었죠.

진정한 피부 관리는 피부 표면에 바르는 것이 아닌 건강한 식습관인 것을!

팩 좀 했다고 깝치면서 아무 음식이나 마구 집어먹던 승무원은
식사 후 타는 듯한 복부와 가슴쓰림을 호소하며 발버둥을 칩니다.

제산제와는 달리 고유의 방어층을 만들어
단 3분 만에 통증은 가라앉고 편안함은 영원히 가는
에일리언 더블 액션!

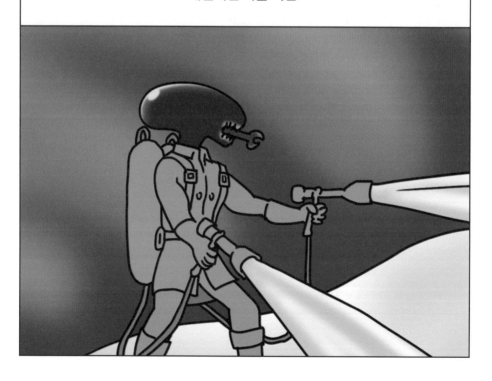

그리고 으레 그러하듯,
깝치던 순서대로 한 명씩
죽어나가기 시작합니다.

그리고 으레 그러하듯,
마지막에 홀로 남게 된 주인공.

그녀가 바로 그 유명한 리플리,
우주 타짜 시고니 위버입니다.

시고니를 아냐구요?

제가 아는 여전사 중에
최고였어요.

동네 놀음판에서 승승장구하던 에일리언은 난생처음 만난
우주 타짜 앞에서 피박에 광박에 냈다 하면 싸고 고도리에 흔들고
쓰리고까지 처맞아 우주로 쫓겨납니다.

"아이 참. 두 번 싸면 피 하나 줬어야지!!"

내가 살던 행성에서는 룰이 다르다고 항변해봤지만
아시다시피 아무리 룰이 달라고 피박은 우주 공통이거든요.

모든 동료를 잃고 홀로 남은 시고니가
탈출선에서 잠들면서 영화는 끝이 납니다.

이제 그녀는 알 수 없는 곳을 정처 없이 떠도는 신세가 되었죠.

이것이 SF 공포영화의 시발택시, 에이리언 시리즈의 1편입니다.

우주선이라는 밀폐된 공간, 정체를 알 수 없는 절대적인 힘의 생명체, 분기탱천하는 여전사, 미지의 세계에 대한 공포 등등

이 영화의 영향력은 이루 헤아릴 수 없을 정도입니다.

영화의 때깔도 대단하죠? 이게 정말 1970년대 영화가 맞습니까?

〈마션〉과 〈프로메테우스〉에서 선보인 리들리 스콧 감독의 때깔은 이 시절부터 이미 세계 최고 수준이었군요.

그러나 만약, 2010년대의 여러분이
이 영화를 다시 볼까? 하신다면

그건 별로 좋은 생각이 아니라고
말씀드리고 싶군요.

왜냐하면 우리는 이미 이 영화의 유산들을 지겹도록 봐왔거든요.
배경이 우주? 미지의 괴물? 우주선? 폐쇄 공포?

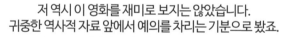

수없이 많은 영화가 〈에일리언〉의 그림자 아래 있습니다.

저 역시 이 영화를 재미로 보지는 않았습니다.
귀중한 역사적 자료 앞에서 예의를 차리는 기분으로 봤죠.

음… 말 그대로 오래전 걸작 영화구나.
그 시절에 봤다면 기절했겠는걸?

영화는 50년 넘게 우주를 떠돌던 리플리가 구출되면서 시작합니다.

그런데 그 50년 사이에, 에일리언이 있던 그 행성에,
사람들이 이주해서 살기 시작했어요.

그리고 리플리가 깨어나자마자 기다렸다는 듯,

에일리언이 창궐합니다.

모든 관객의 탄식을 뒤로하고
에일리언이 있는 행성으로 향하는 리플리.

1편에서는 우주화물선 승무원들이 속수무책으로 당했죠?

그래서 이번에는 제법 힘을 줍니다.

리플리의 동료들을 해병대 최고 정예요원으로 설정하고
행성으로 향하는 우주선에 온갖 첨단 무기들을 구비해놓았죠.

또한 에일리언도 전작처럼 한 마리가 아니고 저그들처럼 엄청 많습니다.
해병대 VS 에일리언 군단. 흥미로운 구도를 만들었군요.

만들었으면?

부숴야죠!!

이것이···
부기영화
회식?

소갈비 11인분처럼 빠르게 사라지는 해병대 요원들.
결국 리플리와 유명한 배우들만 살아남습니다.

이 과정에서 발견된, 행성의 유일한 생존자는
뉴트라는 어린 여자아이인데요.

공포영화에서 어린 여자아이가 나오면 뭐다?

갸아아아아아아아아악!!

비명 셔틀

인형 셔틀

혼자 떨어져서 위험에 빠진 뒤
인형을 떨어뜨리고 납치되는 동기부여 셔틀

밥 먹고 식당 입구의 자판기에서 공짜로 뽑아 먹는
후식 커피 같은 감동 셔틀

전작에 나왔던 인조인간이 이번에도 등장합니다.

전작에서는 배신맨으로 나왔는데,
이번에는 대신맨으로 나와서 온갖 허드렛일을 다 하는군요.

아무튼 영화는 이러쿵저러쿵해서
대부분의 병력을 잃고 기지에 고립됐던 리플리 일행이
탈출하려는 결말로 이어집니다.

그런데 그 과정에서 에일리언 여왕이 낳은 친환경 유정란을 파괴했거든요.
에일리언 여왕은 빡이 돌겠죠.

무항생제 친환경 유정 특란을 정말 열심히 낳았는데
우주에서 갑툭튀한 인간 놈들이 이 비싼 걸 다 조져놨으니까요.
에그머니 수십 조가 날아간 겁니다.

"나 유정란 못 잃어. 에일리언 못 잃어."

야마가 돈 에일리언 여왕이 리플리의 탈출 우주선에 매달립니다.

하지만 걱정없죠.

우리에겐 인조인간 대신맨이 있으니까요.
큰 대. 믿을 신. 대신맨!

그러나 에일리언 여왕의 다정한 손길에 대신맨도 어쩔 수 없었죠.

"제 하체 어디 있는지 아시는 분?"

더위사냥처럼 상체와 하체가 나뉜 인조인간,
필요할 때 기절해버린 마지막 해병대,

또다시 혼자 남아 열심히 도망치는 비명 셔틀이
최후의 귀곡성을 내지르고 긴장감이 최고조에 달한 순간,
영화 역사상 최고의 초필살기 중 하나가 발사됩니다.

두둥

문이 열리네요~♪

그대가 들어오죠~♬

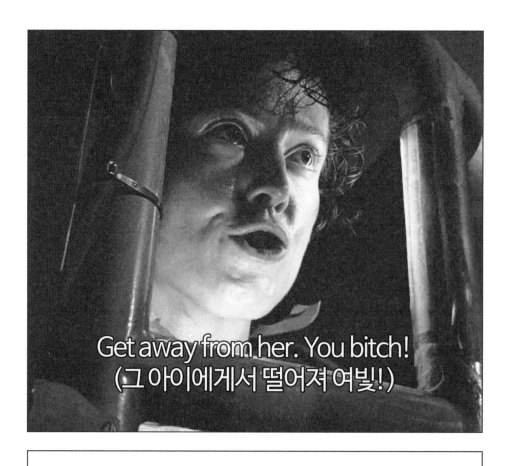

Get away from her. You bitch!
(그 아이에게서 떨어져 여빛!)

1종 특수면허 부럽지 않은 추레라 운전으로
리플리는 에일리언 여왕을 물리칩니다.

영화는 리플리, 뉴트, 인조인간, 해병대 넷이
탈출 우주선에서 잠들며 끝이 나죠.

자식을 모두 잃은 에일리언 여왕은
그 자신도 우주에 버려집니다.

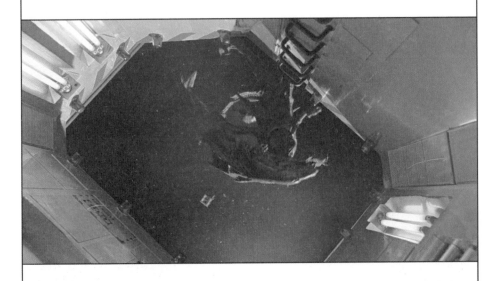

지아비를 여의고 홀로 바지적삼 마를 날 없이
오직 자식들만 바라보며 미주알고주알 에일리언 알을 낳았던,
이 시대의 참 어머니 에일리언 여왕.

가정의 달 5월을 맞아,
오늘 따라 당신이 참 그립습니다.

나실제 괴에로움 다아 잊으시고~

2편의 감독은 제임스 카메론입니다.
설명하면 실례인 감독이죠.

〈타이타닉〉, 〈아바타〉,
〈터미네이터〉 등등.

설명하지 마 임마!

그는 명작의 후속편을 어떻게 만들었을까요?
감독은 전편에서 서서히 조여오는 공포를 조금 줄이고
수많은 굴곡을 지닌 풍성한 액션 블록버스터로 재탄생시켰습니다.

에일리언 군단 VS 해병대의 구도 위에서
탐색전, 공성전, 침투전, 아이 구출극, 밀실 술래잡기, 미로탈출,
그리고 주인공의 막고라까지.

액션 영화의 온갖 재미가 끝없이 이어지기 때문에
영화 내내 다른 생각을 할 수가 없습니다.

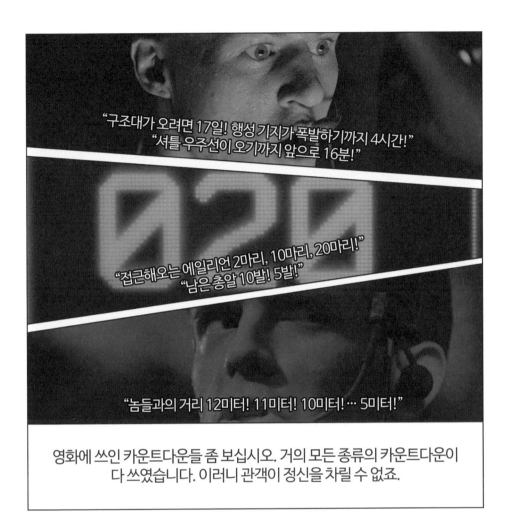

"구조대가 오려면 17일! 행성 기지가 폭발하기까지 4시간!"
"셔틀 우주선이 오기까지 앞으로 16분!"

"접근해오는 에일리언 2마리, 10마리, 20마리!"
"남은 총알 10발! 5발!"

"놈들과의 거리 12미터! 11미터! 10미터! … 5미터!"

영화에 쓰인 카운트다운들 좀 보십시오. 거의 모든 종류의 카운트다운이
다 쓰였습니다. 이러니 관객이 정신을 차릴 수 없죠.

게다가 이 영화는 쉽고 친절해서 1편을 보지 않고도
모든 내용이 미지근한 떡만둣국처럼 술술 넘어갑니다.
쉽고 재밌는 영화, 이 간단 명료한 진리.

하지만 1편의 골수팬들은 불만도 있었지.
정갈했던 우주 공포영화가
액션 대잔치가 되었으니까.

에일리언의 신비감이 줄었고
물량전 때문에 고유의 색채가
퇴색하기도 했어.

뭐 어때? 이렇게 재밌는데.

하긴. 그럼 3편으로 넘어갈까?

… 왠지 넘어가기 싫은데…

… …

전작의 인물들이 타고 있던 우주선에 뭔가 문제가 생겨서 불시착합니다.
그런데 불시착 과정에서 주인공 리플리를 제외한 모두가 사망하네요.

기존 팬들이 충격과 공포에 빠졌던 오프닝입니다.
뉴트와 해병대 둘 다 인기 많은 캐릭터였거든요. 아, 대신맨도.

홍어삼합을 시켰는데 홍어만 집어먹게 생겼습니다.

이럴거면 내가 수육을 시켰지!!

새로 불시착한 행성은 교도소 행성이었는데

무기도 없고 우주선도 없고 남자 죄수들과 용광로만 있는 곳이었습니다.
우주 아오지였죠.

리플리의 우주선에 불을 낸 것은 당연히 에일리언이었는데요.
전작에서 에일리언 여왕이 몰래 우주선에 알을 낳았나 봅니다.

알이라는 게
한번 힘주면
쏙 나오는
그런 거였나요?

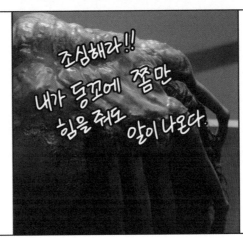

그건 자판기
아닙니까?

우주선에 매달리랴 그 와중에 우주선 내부에 몰래 알까지 낳으랴,
에일리언 여왕, 당신은 대체….

가정의 달 5월, 파란 하늘에 떠다니는 하얀 구름이 문득 당신의 얼굴처럼 보입니다.

아무튼 영화는 무기도 없고 죄수들만 가득한 수용소에서
리플리와 에일리언이 펼치는 한판 승부가 되었습니다. 시리즈 최악의 상황이죠.

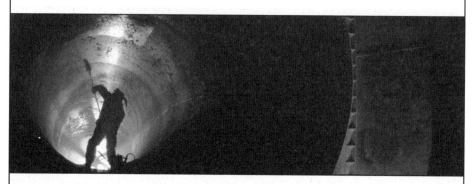

??? 그런데??

리플리를 만난 에일리언이 전설의 움짤만 남기고 그냥 가버립니다?

왜냐하면 리플리가 에일리언 여왕의 씨를??? 임신했거든요????

한 적도 없는데 임신을 해?

리플리는 이제 죄수들을 데리고 교도소에서 에일리언을 조지고
자신의 뱃속에 있는 에일리언 여왕까지 제거해야 하는 상황인 것이죠.

그들이 가진 것은 복잡한 미로 같은 통로들과 수용소 중앙의 용광로뿐입니다.

당연히 미로 같은 통로로 유인해서 용광로에 빠뜨려 죽이겠죠?

당연히 저렴한 출연료의 배우들부터 차례차례 죽겠죠?

"초고열 용광로!!!"

그리고 당연히 우리의 주인공 리플리가 스스로 용광로에 몸을 던져
에일리언 여왕의 씨를 제거하는 데 성공하겠죠?

3편의 감독은 데이비드 핀처.
대충 실력을 보아하니
오래 살아남지 못할 것 같습니다.

특히 편집 실력은 엉망이네요.
전반부는 쓸데없이 늘어지고
중요한 지점부터는
와르르 무너지거든요.

"A구역을 닫았어! E구역으로 이동해!"

"B구역을 닫았다! 놈을 C구역으로 몰아넣어!"

다들 급히 소리치고 카메라가 정신없이 움직이기 때문에
어느 정도의 긴장감은 확보되지만 전체적인 동선과 상황이 잘 전달되지 않습니다.

관객은 뭐가 뭔지도 모른 채 무작정 긴장만 하는 상황이죠.

아마 다음 작품을 보기는
힘들지 않을까 싶습니다.

….

왜? 뭐?

그러나 다른 시점에서 보면
이 작품에도 많은 장점이 있어요.

우주 공포영화를 종말론적
세계관으로 확장시키는 야심과
우주선이라는 폐쇄적 배경을
그대로 이어받은 수용소라는
또 다른 밀실.

Y염색체 이상 증후군을
겪고 있는 남자 죄수들과
삭발로 전통적 여성성을
삭제한 주인공,

그럼에도 불구하고 생명체를
잉태한다는 설정은 참 흥미롭습니다.

범죄자들과 순교자가 한데 섞이고,
남성과 여성의 경계가 허물어지며
종족 번식의 과정이 뒤틀린 이 수용소는,

영화 속 대사 그대로 종말이
가까워진 공간이라는 거죠.

아련 ⋯

잘 만들어졌다면,
훌륭한 작품이 되었을 거예요.
잘 만들어졌다면.

"아윌 비 백"
(전작의 명장면)

리플리가 초고열 용광로에 몸을 던진 뒤 200년이 지났습니다.
미 연방군이 리플리의 유전자로 그녀를 복제하는 데 성공하면서 4편이 시작되죠.

그들의 목적은 리플리의 뱃속에 들어 있던 에일리언 여왕이었습니다.

왜들 이렇게 에일리언에
집착하는 걸까요?

정력과 피부 미용에
도움을 줄 수도
있는 걸까요?

혹시 에일리언
공원을??

그런데 새로 복제된 리플리는 이전과는 뭔가 달랐죠.

농구를 잘하게 되었습니다. 르플론 제임스가 되었군요.

그녀의 몸 안에서 그녀의 유전자와 에일리언의 유전자가 섞였기 때문이라고 하던데요.
에일리언이 원래 농구를 잘했나요? 등이 굽어서 리바운드를 잘 못 따낼 것 같은데.

그렇다면 리플리의 배에서 추출한
에일리언 여왕은 어떻게 되었을까요?

…… ……

독방에 갇힌 채 강제로 번식을 하는 처지가 되었습니다.

그럼 영화는 명확해지죠?

(우주 밀수꾼 한 솔로와 츄바카)

갇힌 에일리언들은 탈출할 것이고 인간들은 몰살되며
리플리와 그녀의 이번 동료, 우주 밀수꾼들이
에일리언에 맞서 싸우는 이야기가 됩니다.

이번에도 인조인간이 나오는데요. 이쁘죠? 위노나 라이더입니다.

인간성을 많이 상실한 리플리와 대비되는,
가장 인간적이었지만 알고 보니 인조인간이었던 인물이죠.

유전자 변형 과정에서 다른 존재가 된 리플리처럼 에일리언도 뭔가 달라졌습니다.
이제는 알이 아니라 출산을 하게 되었죠. 인간처럼.

"엄마!"

그리고 출산을 통해 태어난 새로운 에일리언은
장하다! 김에일리언이 되어 엄마인 에일리언 여왕을 끔찍하게 살해한 뒤
리플리를 엄마로 인식하게 됩니다? 족보가 이상해지는군요.

그래서 영화의 결말에 가면, 리플리가 자신을 엄마라 믿는 김에일리언을,
우주선 유리창에 난 구멍으로 빨려 들어가게 해서 죽이는 것으로 마무리됩니다.

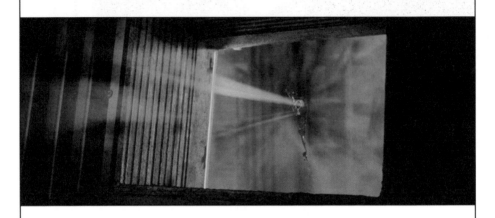

보세요.. 낙타 바늘구멍에 들어간다니까요?

아무튼 취업만큼 어려운 바늘구멍 뚫기에 성공한 김에일리언 축하합니다.

인간보다 더 인간다운 인조인간이 보는 앞에서
인간성을 일부 상실한 채 에일리언의 어미가 된 리플리가
인간처럼 태어난 에일리언 자식을 죽이게 되는 장면인데,

인간성과 유전자 복제 기술에 대한 감독의 시선을 엿볼 수 있죠?

4편의 감독은 장 피에르 주네입니다.
〈잃어버린 아이들의 도시〉와
〈아밀리에〉의 감독인데요.

마니아층이 두둑한데
에일리언 시리즈에서도
자신의 색깔을 잘 녹여냈습니다.

유려한 카메라 움직임과 몽환적인 색감은 이 영화만의 자랑입니다.

3편에 비해 비약적으로 상승한 CG의 품질도 좋구요.
프랑스 감성이 십분 발휘된 고어 특수효과도 쏠쏠하죠.

1·2·3편 모두 감독의 개성 따라 영화의 분위기가 결정됐는데
4편 역시도 감독의 개성이 잘 드러난 작품이라 하겠습니다.

오늘 우리는 1979년부터 1997년까지, SF 공포의 역사를 장악해온 에일리언 시리즈를 만나봤습니다.

이 시리즈는 역사를 장식하거나 힘을 보탰다거나 하는 수준이 아니라 말 그대로 해당 장르의 역사를 장악해버렸습니다.

제작사가 초반 설계를 잘했고 유지관리도 잘해냈는데요.
각 편마다 감독의 개성을 잘 살렸고
〈에일리언 vs 프레데터〉 같은 이벤트도 있었지만,
비교적 B급으로 추락하는 일 없이 관리도 잘했다고 봐야겠죠.

어머니의 위대함을 다룬 감동 실화!!

ALIEN

알 리 엔

성공한 공포영화의 속편들이 어떤 길을 걸었는지 떠올리면
20세기 폭스가 이 시리즈에 제법 성의를 보였음을 알 수 있습니다.

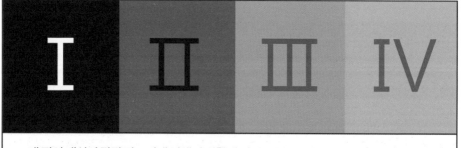

네 편의 개성이 각각 다르기에 관객의 성향에 따라 호불호 순위가 많이 갈리기도 하죠.
1편은 정갈하고 2편은 폭발적이며 3편은 묵직하고 4편은 미려합니다.

고오오오오···

우주로 나갔어?

··· 뭐야 대체···

부기영화의 글작가,
급소가격이 알려주는
좋은 글 쓰는 법

그걸 제가 어떻게 압니까. 그걸 알았으면 노벨웹툰상 받았겠지. 제발 저한테 이상한 것 좀 물어보지 마세요. 여러분한테 연애 꿀팁 물어보면 기분이 어떨 것 같습니까? 어? 지금 뭐 하는 거죠? 설마 알지도 못하는 연애 꿀팁을 알려주려는 겁니까? 연애 한 번이라도, 아니 연애 비슷한 거라도 해보신 적 있어요? 뭐요? 누구? 옆집 친구 누나? 그럴 줄 알았다. 제발 현실로 좀 돌아와 주세요.

좋은 글. 좋은 글이란 무엇이냐. 별거 없습니다. 좋은 사람이 쓴 글이 좋은 글이죠. 그러니까 괜히 좋은 글 쓰겠다고 깝치지 말고 그냥 좋은 사람이 되려고 노력하십시오. 좋은 글 따위는 그 후에 써도 아무 문제가 없습니다. 그럼 이제 답은 간단해지죠. 좋은 사람은 어떻게 될 수 있는가. 바로 치킨입니다. 제가 게임을 하다 보면 빡이 돌 때가 한두 번이 아닌데요. 분노와 증오에 사로잡혀서 지옥 끝까지 떨어집니다. 그럴 때마다 저는 분노를 가라앉히고 단전에서 손가락으로 인을 그은 뒤 침착하게 치킨을 주문합니다. 치킨을 먹고 나면? 어때세요? 한층 더 나아진 내가 된 듯한 기분이 들죠? 우리는 치킨을 먹기 전의 우리보다 한 발 더 진화한다! 그겁니다! 복동아, 지금이야! 그때 글을 쓰면 됩니다. 더 좋은 글을 쓰고 싶다? 두마리치킨 드십시오.

오늘도 이렇게 여러분께 유익한 정보를 드리니 저도 보람을 느낍니다. 운 좋게도 지금 분량이 조금 남았는데요. 분량이 남은 김에 오늘은 제가 며칠 전 겪었던 억울한 사연을 좀 말씀드릴까 합니다. 그날도 저는 평소처럼….

그래비티

오늘의 꿀팁

그냥 집에 있는 게 최고다.

빙글빙글 돌다가 개소리 내고
물에 빠지는 벌칙영화입니다.

포스터가 마음에 안 드네요.
흥행 같은 건 포기했나요?

심플 이즈 베스트,
모르냐?!

외계인도 없고 우주전쟁도 없다?

그럼 영화를 뭐 하러 봅니까??!!

정신 차리세요 할리우드!

외계인이랑 우주전쟁이 없어도
일단 있다고 우겨야 할 거 아닙니까?

똑똑히 보세요.
시범 한번 보여드리겠습니다.

급소가격이 만든, 제대로 된 포스터!

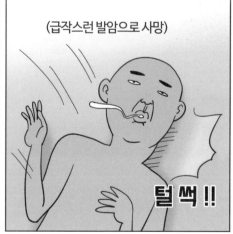

영화 이야기 시작합시다.
이 작품은 시작하자마자
승부수를 던지는데요.

바로 압도적인 영상미입니다.
함께 보실까요?

...

여빛

(압도적인 영상미를 못 그려서 사망)

털

썩
!!

대충 이렇습니다.
아름답고 소름 끼칠 정도로 무서운 공간, 우주.
아마 영화 역사상 우주라는 공간을 가장 실감나게 묘사한 영화일 텐데요.

말씀드렸듯이 이것은 승부수죠.

먹히느냐 안 먹히느냐.

만약 먹힌다면 관객은 평생 잊지 못할
작품을 만나게 될 것이고

먹히지 않는다면,
그저 그런, 따분하기까지 한
SF 재난영화 중 하나가 될 겁니다.

우주 이야기를
뺀 그래비티
소감

그냥 갔다 오고
끝나더라.

글고 조지 클루니
주금.

그래서 TV나 모니터, 혹은 일반 상영관에서 보는 〈그래비티〉와
아이맥스 상영관에서 보는 〈그래비티〉는 아예 다른 영화라고 봐도 무방할 정도죠.

〈TV, 모니터〉

〈일반 상영관〉

지 림

〈아이맥스 4DX〉

털
썩!!

저요?

아, 이 승부수가 저한테 먹혔냐구요?

그럼요. 시작하자마자 압도됐고 주인공이 빙글빙글 돌 때는 지금 여러분 표정처럼…

… ??

대체 지금 무슨 표정을 짓고 계시는 겁니까?

그만두십시오! 당장 입 다물고 혀 집어넣으세요!!

크앗!

뭐지… 갑자기 머리가!!

끄으으…

으어어…

으으…

나, 나…는… 오늘만사…
사…. 사, 사, 사….

…ㄹ 리가 없지. 계속 살 겁니다.

여러분이 대체 어디서 어떤 장면을 보고 오신 건지는 모르겠지만, 부기영화는 여러분이 아는 그런 만화가 아니에요.

진지하고 학술적이며 온 가족이 함께 볼 수 있는 건전함을 지향하는 만화죠.

그리고 말이 나와서 말인데

그런··· 것들은 이제 좀 끊으십시오.

자, 다시 영화로 돌아 갑시다. 산드라 블록이 우주에서 뭔가를 수리하다가 우주 쓰레기 파편 때문에 튕겨져 나갔어요.

그러고는 빙글빙글 돌기 시작합니다.

정말 암담한 상황인데요.

우주에서 이렇게 빙글빙글 돌면 어떻게 해야 할까요?

그저 바라만 보고 있지

네. 주인공은 아무것도 못 합니다.

대신 최선을 다해서 정신을 차리려고 하죠.

우주에서 빙글빙글 돌 때 할 수 있는 것.

아무것도 못 한다

호랑이한테 물려가서 정신을 차린 뒤 맨정신으로 뜯어 먹히려는 전략입니다.

우주미아가 됐을 때 정신을 차리면 할 수 있는 것들

멀쩡한 정신으로 죽는다

정신이 좀 드는가?

아! 그런데 죽으라는 법은 없네요.
조지 클루니가 구하러 왔습니다.
산드라 블록을 구하고 자기는 죽는군요. 맨날 이렇더라.

간지 클루니.

이 캐스팅은
신의 한 수입니다.

이 적막한 우주에서
단 하나의 목소리가
들려야 한다면 당연히
조지 클루니죠.

목소리에서 담양 죽통밥
같은 맛이 납니다.

〈오션스 일레븐〉 시리즈를
보신 분들은 아시겠지만,

이 아저씨의 간지 한 방에
그 쟁쟁한 배우들이
모두 조연이 되는
놀라운 광경을 볼 수 있죠.

다행히 이번 영화에서는 우주복을 입어서
젖꼭지는 드러나지 않았습니다. 왠지 섭섭하네요.

이렇게 간지 클루니의 희생을 발판 삼아
주인공은 무사히 러시아 우주 정거장의 탈출선에 도착합니다.

그런데!

기름이 없잖아!!!

기름 한 방울 안 나는 우주에서
국민들의 과소비와 무분별한 해외여행으로
탈출선은 기름이 앵꼬 상태였죠.

하지만 걱정할 필요 없습니다.
보험사 부르면 되니까요.

부기손해보험

'10갤런'을 받았습니다.

다급히 보험사에 전화를 거는 산드라 블록.
과연 그녀는 기름 10갤런을 받아 지구로 돌아올 수 있을까요?

러시아 탈출선에서 교신을 시도하는 주인공에게
한 이누이트가 난입해 실컷 모욕하는 장면인데요.

이누이트 친구들 정말 짓궂네요. 지금 기름이 없어서 탈출을 못 하고 있는데
아이까지 데려와서 놀리고, 심지어 막판에는 개까지 주인공을 놀려댑니다.

결국 사악한 이누이트에게 정신을 지배당해
개소리까지 내며 철저히 모욕당하는 메이데이 양.

세상에는 도움이 필요한 친구가 많습니다.
그들에게 도움을 주기는커녕 놀림거리로 삼고 있지는 않은지,
오늘 밤 잠들기 전에, 한 번쯤 되돌아보는 것은 어떨까요?

이렇게 온갖 개모욕을 견뎌낸 주인공은
드디어 중국 정거장까지 가는 데 성공합니다.

이제 다 왔네요.
중국 탈출선에 올라 출발 버튼만
누르면 되는데요.

어디 보자… 분리 버튼이…

불안…

중국어잖아!!!

이 중에 출발 버튼이
있습니다.

빨간 버튼은 빨리
죽는 버튼이고
녹색 버튼은 친환경적으로
죽는 버튼,

노란 버튼은
어린이를 보호하며
죽는 버튼 같은데요.

절체절명의 순간, 산드라 블록은
결국 우주에서 죽는 걸까요?

물론 아니죠.

주인공은 정신을 집중해, 어릴 적 봤던
만화영화 〈영심이〉를 떠올렸습니다.

연필 굴리기! 양손으로 가위바위보! 연필로 심지 뽑기!

맞혔어???? 이걸???
영심이의 도움으로 결국 찍기에 성공하는 산드라 블록!
이제 무사히 집으로 돌아가는 일만 남았습니다. 보세요. 인생 결국 운빨입니다.

이렇듯 영화의 줄거리는
알고 보면 〈매드맥스〉보다도 간단합니다.

그래비티 7자 요약

우주미아의 귀환

〈매드맥스〉의 경우 헤비메탈을 울리면서
뭔가 보여드리겠다며 환상의 똥꼬쇼는 물론,
북치기 박치기 백척간두 서커스로 관객의 혼을 빼놓는다면

매드맥스
짱 재밌어요!!

〈그래비티〉는 관객을 번쩍 들어 올려서
빙글빙글 돌린 뒤 객석으로 오복성 패스를 하는 느낌이죠.

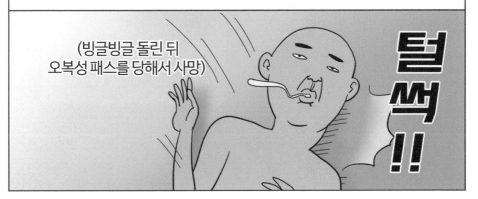

(빙글빙글 돌린 뒤
오복성 패스를 당해서 사망)

털
썩
!!

그래서 오프닝에 나온
적막하고 아름다우며
동시에 공포스러운,

우주라는 공간을 제대로
체험하지 못한다면
이 영화를 온전히 즐겼다고
말하기 어려운 것이죠.

모니터나 스마트폰으로
이 영화를 보는 건

그만큼 손해라는 뜻입니다.

미아가 돌아왔다는 이 간단한 이야기.

그러나 감독은 이 간단함 아래
인간의 탄생과 삶에 대한 자세를 은유하고 있습니다.

주인공인 스톤 박사는 일찍이 딸을 잃고
삶의 의미마저 잃어버립니다.

지구를 떠나온 그녀가 이 우주를
좋아하는 이유는 '적막'

딸을 잃은 뒤 타인과의 관계를
꺼린다는 것을 암시하는 대사죠.

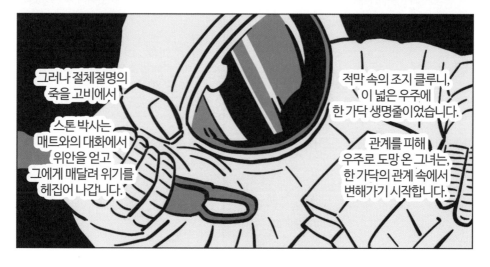

그러나 절체절명의
죽을 고비에서

스톤 박사는
매트와의 대화에서
위안을 얻고
그에게 매달려 위기를
헤집어 나갑니다.

적막 속의 조지 클루니,
이 넓은 우주에
한 가닥 생명줄이었습니다.

관계를 피해
우주로 도망 온 그녀는,
한 가닥의 관계 속에서
변해가기 시작합니다.

조지 클루니의 희생 이후
주인공이 태아로 돌아가는 듯한 장면이 나오는데
그녀가 다시 태어나 새로운 삶이 시작되었다고 보셔도 되겠습니다.

그다음 위기를 볼까요?

이번 생명줄은 이누이트
아닌강입니다.

언어도 안 통하고,
제대로 통신도 되지 않는
낯선 사람과의 교신,

급기야 인간의 언어 이전,
원초적인 하울링으로
교신을 합니다.

외국인의 목소리, 아이의 울음소리,
개의 하울링 소리.
통역이 차단된 환경에서
그녀는 위안을 얻습니다.

조지 클루니와 대화,
그리고 비언어적 교감,

이 둘은 마치 우주 한복판에서
주인공을 끌어당기는
중력 같습니다.

영화에서 가장 많이 나오는
두 가지 장면을 봅시다.

첫 번째는 빙글빙글
도는 장면인데요.

중력이 없기에 위아래의 개념 없이
그저 마구잡이로 휩쓸려 도는 장면이 많죠.

다만 초반에는 이 무중력의
휩쓸림에 당하기만 했다면,

위기를 극복하고 삶에 대한
의지를 되새기면서
그녀는 점점 이 회전에
저항하기 시작합니다.

급기야는 소화기로
자신의 회전을 멈추고
스스로 가고자 하는 방향으로
나아가기도 하죠.

두 번째는 무언가를 움켜잡는 장면입니다. 의미는 단순하죠. 의지입니다.

주인공이 삶에 대한 의지를 반복해서 표출하는 장치이기도 하고
딸을 잃은 고통으로 단절되었던 타인과의 관계를 다시금 움켜잡는 은유이기도 하죠.

조지 클루니와의 연결선을 움켜쥐고, 헬맷을 움켜쥐고

소화기를 움켜쥐고, 우주정거장의 모서리와 손잡이를 움켜쥡니다.
그리고

엔딩에서는 지구를 움켜쥐는군요.
중력의 주인을.

결국 이런 장면들로 미루어 적막한 무중력의 우주에서
시끌벅적하고 중력이 존재하는 지구로 귀환하는 이 영화는,

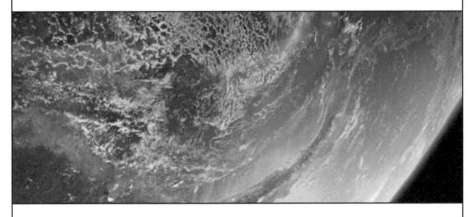

타인과 단절된 삶을 살던 주인공이
자신의 아픔을 극복하고 타인과의 관계, 즉

세상으로 다시 진입하는 작품이라고도 할 수 있겠습니다.

이것이 영화의 제목인 중력이 갖는 의미이기도 하죠.

이 중력은, 시각적으로는 끌어당기고 움켜쥠, 청각적으로는 교감으로 묘사되었죠.

또한 이 모든 중력은
태아에서 시작해 양서류가 물 밖으로 기어 나오고 끝내 직립보행을 한 것처럼

인간을 계속해서
진화하게 한다는
감독의 대담한
잠언이기도 합니다.

엔딩 장면 멋지지 않습니까?

마치 우리는 땅바닥을
기어 다니는 양서류 같은데,
주인공은 우뚝 선 초인 같습니다.

경이로움, 존경심,
뭐 이런 감정들이 들죠?

아래에서 위로 올려다보며
찍었기 때문인데요.

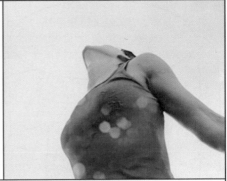

〈쇼생크 탈출〉과 정반대의 구도입니다.

하나는 전지적 시점에서 주인공이 드디어 자유로운 인간이 되었음을 제시하고
다른 하나는 경외의 시점에서 주인공이 더 큰 존재로 우뚝 섰음을 선언하는군요.

두 장면 모두 적절하기 그지없습니다.

극한의 긴장과 대담한 잠언, 멋진 영화죠?
아이맥스로 재개봉한다면 절대 놓치지 마십시오.

아, 벌써 지구에 다 왔구만.
영화는 영화고, 저도 참
대단하지 않습니까?

불의의 사고로 우주 한복판에
떨어졌지만, 이걸 이용해서
영화 한 편을 또 뚝딱 리뷰했네요.

Welcome
지구
어벤저스의 고향

이것도 중력이죠.

원고료라는 중력.

어디 갔었어!!!

그걸 내가 어떻게 알어!!

니가 모르면 누가 알어? 지금 출간이 코앞인데 원고 진행이 너무 느리단 말야!

내가 진짜 미쳐버릴 것 같다!

그럼 미치던가.

내가 지금 어떤 기분인지 알어??

내가 그걸 어떻게 알어!!

너무 화가 나고 무섭고 벌벌 떨리고… 으… 으그그극…

… 왜 그래 갑자기??

이, 입이 막 아… 벌어지고 혀가….

그, 그만둬!!!

엣지 오브 투모로우

오늘의 꿀팁

타임루프로 고작 외계인이나 잡다니, 저에게 더 좋은 생각이 있습니다.

외계인이 또 쳐들어옵니다.
인류는 또 박살이 나죠.

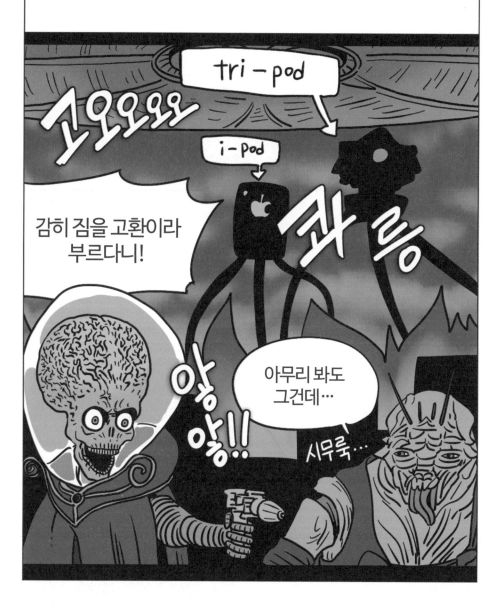

또 잘생긴 주인공이 나섭니다!

남자 주인공과 여자 주인공이 나옵니다.

당연히 키스를 합니다.

#울버린

#배트맨 둘이서
석양을 등지고
정열적인 키스를

그리고 당연히 이깁니다!

이겼다!!

영화 끝!!

1년에 100개씩 나오는 영화!

살면서 만 번은 본 듯한 영화!

그러나 이번 영화는 조금 다릅니다.

#마치 걸그룹처럼

#만 번을 다시 나와도 좋은

#내가 어떻게 생겼는지
기억하면 용하지

(다음 중 외계인을 고르시오.)

외계인이 그리 많이 등장하지
않는다는 점에 주목하십시오.

외계인에 맞서 싸울, 엑소 슈트라는
신기술의 비중도 높지 않다는 점에
주목하십시오.

그리기
힘든데

다행이야

아쉬워라…

에밀리 블런트에 주목하십시오.

이야…

오 신이시여.

저…

철컥

개 같은 출판사…

흐뭇

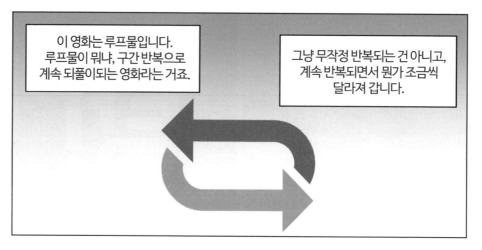

이 영화는 루프물입니다.
루프물이 뭐냐, 구간 반복으로
계속 되풀이되는 영화라는 거죠.

그냥 무작정 반복되는 건 아니고,
계속 반복되면서 뭔가 조금씩
달라져 갑니다.

대표적인 루프물로는 〈사랑의 블랙홀〉이 있고
비교적 최신작으로는 〈소스 코드〉 같은 게 있죠.

네? 리제로? 나없거? 그게 뭐죠?
제발 다 같이 아는 것만 말씀해주세요. 부탁합니다.

이런 식으로 반복되는 루프물의 포인트는 간단합니다.

주인공은 미래를 알고 있다.
그러나 주변 사람들은 아무것도 모른다.

재밌겠죠? 그러나 항상 작중에서는
엄청난 고통이 따릅니다.

이 짤이 벌써 15년 전

무슨 뜻이냐 하면, 소개팅을 해서
열심히 아양을 떨고 내숭도 부려가며
간신히 애프터 신청을 하고 데이트를 하고

당신께서 저에게
니 죄가 뭐냐고
물으신다면!

소개팅 나온
이 여자가 너무
마음에 들고!!

선물 공세를 펴고 밤에 졸린 눈을 비벼가며
카톡도 보내고 아이스크림 쿠폰도 보내고
드디어 꿈에도 그리던 그날이 왔는데,

그리고 내일은
드디어…
으하하학!

내일은 정말이지
인간이고 싶지
않습니다!

일어나 보니까 소개팅하는 날입니다.

첫날이라니!

이런 젠장!
빌어먹을 세상!

그러나 별수 없죠. 다시 처음부터 시작입니다.

아양도 떨고 애프터 신청도 하고 선물도 줘야죠.
어떻게든 진도도 후딱 빼고 이것저것 다 진행시킨 뒤

드디어 그날이 왔습니다!!!

이런 제기랄! 또 소개팅하는 날이네??

학창시절 수학 선생님을 떠올려봅시다.

보십시오.

쓰앵님을 믿으면
여러분도 할 수
있습니다.

아무것도 모르는 애들에게 손짓 발짓
다 해가면서 간신히 수학을 가르쳤어요.

그런데 다음 해에 또다시
아무것도 모르는 애들이 들어옵니다

이게 루프물이죠. 설리반 선생님 입에서도
쌍욕이 나올 생지옥입니다.

〈엣지 오브 투모로우〉에서
주인공은 죽음으로 시간을 되돌립니다.

죽으면 시간이 리셋되어 다시 원점으로 돌아가는 것이죠.

주인공은 영화에서 수백 번, 어쩌면 수천 번 죽습니다.
문제는 주인공만 죽는 게 아니라는 것이죠.
영화의 배경이 전쟁터거든요.

주인공은 동료, 그리고 여주인공의 죽음을 수없이 목격합니다.

내가 거기서 왼쪽으로 피하라고 했잖아!

시무룩···

내가 그걸 몇 번을 말했는데!

나한테는 한번···

그니까! 내 말이!!

오른쪽으로 가라고 했잖아!!

아니~

여기서 점프하고 피하는 게 어렵나?

그러면서 연민과 사랑을 느끼게 되는데요.

이 지점에서 감독의 완급 조절과 주연배우의 연기가 대단합니다.
영화가 숨가쁘게 계속 반복되며 진행되다 일순간 고요해지거든요.

이때 감독은 영화의
주무기인 되감기를 줄이고

마치 포스트 아포칼립스의
멜로 영화인 것처럼
걸음 속도를 늦춥니다.

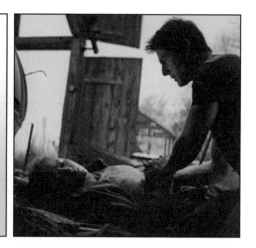

영화의 흥을 잠시 멈추고 이 전쟁과 수없이 반복되는 타인의 죽음이
주인공을 얼마나 힘들게 했는지 보여주는 것이죠.

말씀드렸다시피 루프물은
원래 슬픕니다.
또한 혼자 슬프죠.

이 정서를 제대로 전달하지 못하면
루프물 영화는 기억에 남을 수 없어요.

이 영화가 단순히 킬링타임의 용도를 넘어
기억에 오래도록 남는 이유는

사랑하는 사람의 죽음을 수없이 지켜본 주인공의 감정이
짧지만 탁월하게 묘사되었기 때문입니다.

루프물이라는 장르의 힘 외에도 한 인간의
고군분투기가 잘 전달되었기 때문이죠.

생각해보십시오. 눈앞에서 에밀리 블런트가 죽는다?

다른 사람도 아니고!
에밀리 블런트가!!

솔직히 에밀리 블런트가
좀 이쁩니까?

사회에서 아무리
날고 기는 인간들도

군복 입히고 수통 채우면 그냥 군바리입니다.

그러나
에밀리 블런트는
달랐죠.

보십시오! 눈이 있으면
좀 보시라 이겁니다!!!

빨리 일어나서 원고 해!

헉!

아녜요! 원고 해놨어요!!

초판도 못 파는 게 까불어?

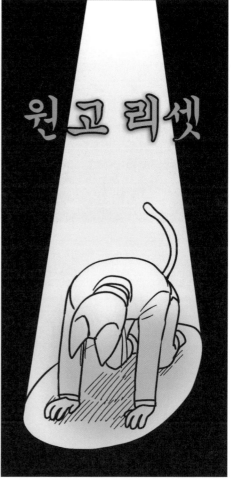

원고 릐셋

그래서, 주인공은 이 전쟁을 끝낼 수 있을까요?

사랑하는 여자도 지키고 함께 샤워 장면을 찍을 수 있을까요?

당연하죠. 톰 크루즈니까요.

이 전쟁을

끝내러 왔다!

톰 크루즈는 못 하는 게 없습니다.
빌딩도 척척 올라가고 총도 잘 쏘고
헬리콥터도 잘 타고 늙지도 않고
머리도 풍성합니다.

외계인들은 왜 하필
톰 크루즈가 있는
지구를 침략했을까요?

이유는 간단합니다.

오른쪽 행성으로
가라고 했잖아!

데카르챠,
부기영화…

그들이 부기영화를 아직
보지 못했기 때문이죠.

이 미개한 외계놈들아!
웹툰 비타민 부기영화가 왔다!
아직도 지구를 노리느냐!? 포기해라!
리암 니슨에 존 윅에 톰 크루즈까지 있다 이놈들아!

확 감기를
옮겨버릴까 보다!

내 딸만
건들지 마라.

그럼 나는 체포

니들이 그렇게 인간들을
잡아 족치는데, 그중에
리암 니슨의 딸이나
존 윅네 강아지가 없을 것
같으냐??!!

그리고 니들이
지구를 정복한다 해도
이미 석유랑 나무는
우리가 다 해먹었다!

이제 남은 건 미세먼지랑
넷카마밖에 없어!!

외계인이 또 쳐들어옵니다.
인류는 또 박살이 나죠.

또 잘생긴 주인공이 나섭니다!

남자 주인공과 여자 주인공이 나옵니다.

당연히 키스를 합니다.

그리고 당연히 이깁니다!

1년에 100개씩 나오는 영화!

살면서 만 번은 본 듯한 영화!

그러나 이번 영화는 조금 다릅니다.

#만번을 똑같이 나와도 좋은 아이돌···

#···인데 뭔가 다르다??

너무 무섭기
때문이죠.

세상에 무서운 영화 많고 많지만
이 영화만큼 무서운 영화는
없을 겁니다.

엣지 오브 투모로우

다들 놀라지 마십시오.

소령이 이등병이 되는
영화입니다.

게다가 전쟁 중입니다.
게다가 상대는 외계인입니다.
게다가 맨 앞에서 보병으로 싸워야 합니다.

야!!

내가 뭘 그리
잘못했니??!

게다가 싸우는 법도 모릅니다.
게다가 내일 바로 첫 출전입니다.

지금까지 본 영화들 중,
이보다 더 무서운 영화가
있었나요?

게다가 가장 무서운 점은
지금부터입니다.

죽어도 이등병으로 다시 태어납니다.

매일. 그리고 매일. 또 매일.

이등병은 700번 자고 일어나면 집에 갈 수 있습니다.

그러나 이 영화에서는 아니죠.
천 번을 죽고 만 번을 죽어도 이등병 첫날입니다.

이것이 바로 오늘의 영화

그레이의 50가지 그림자

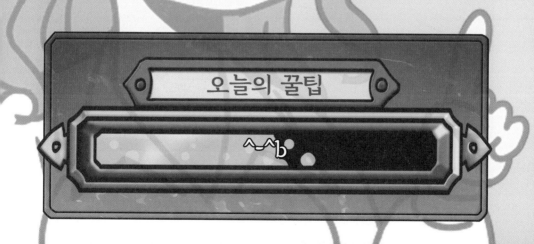

오늘의 꿀팁

^-^b

명상의 시간

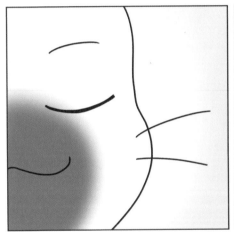

어떠세요? 조금 차분해지셨나요?

가끔은 마음에 안정을 주는 것도 괜찮죠.

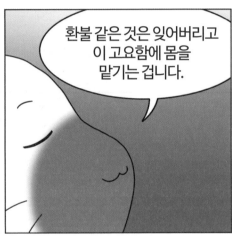

환불 같은 것은 잊어버리고 이 고요함에 몸을 맡기는 겁니다.

그래요. 오늘은 조금 가라앉히고 시작해볼까요?

오늘의 영화는 꽤나 진지하니까요.

네?

절레

절레

혹시나 개드립이나
병맛 같은 걸 기대하셨다면
다른 리뷰를 보십시오.

아시다시피 저희는
그런 자극적인 리뷰,
극혐합니다.

소리나 빽빽 지르고
되도 않는 드립 따위의 추태는,
이 만화에서는 금기니까요.

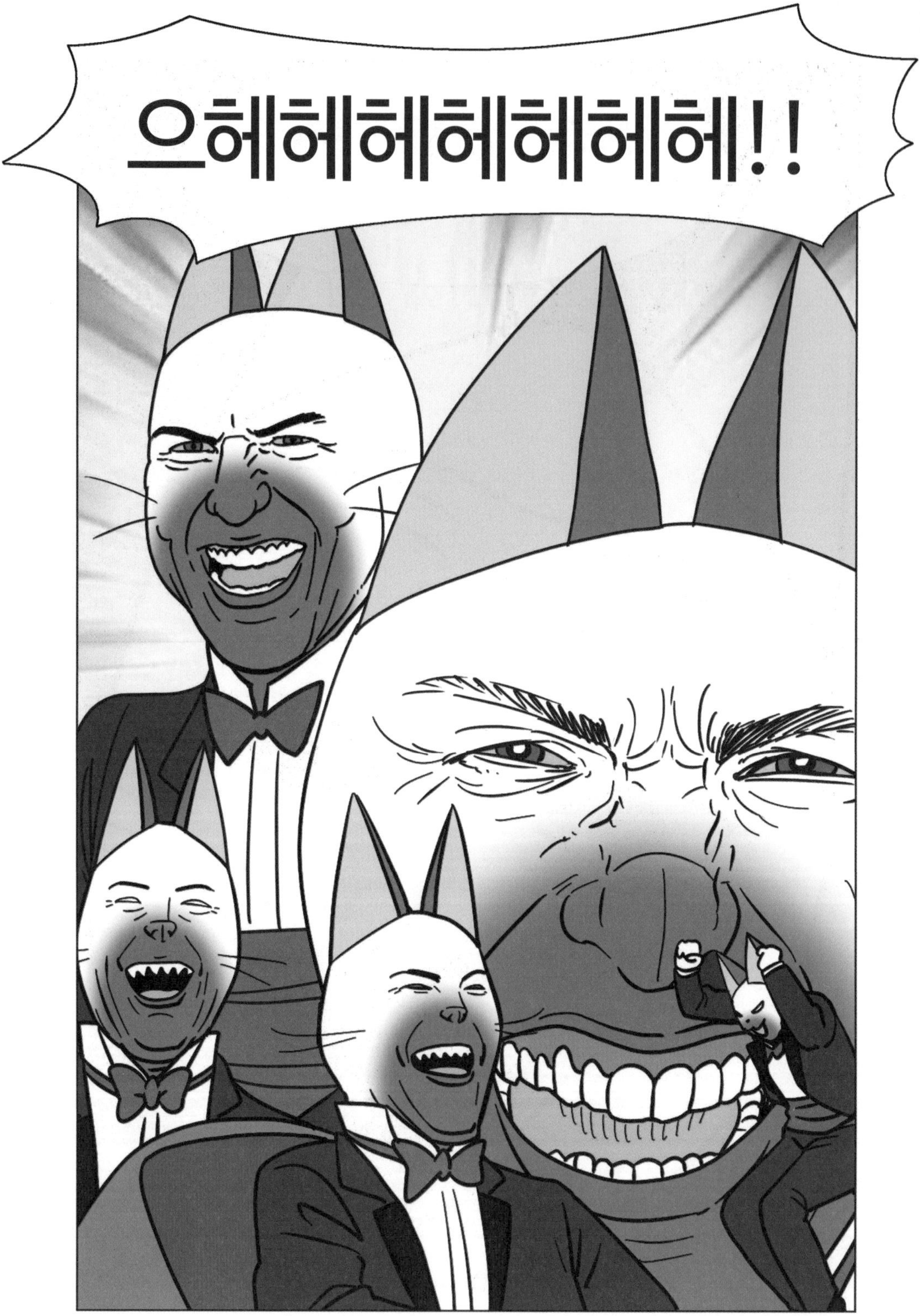
으헤헤헤헤헤헤헤!!

남자랑 여자랑 만나서
헤헤헤헿ㅎ헤헤헿ㅎㅎ헿헤헤
헤헿레헤헤헤헤헤헤ㅔ 헤

헤헤헤헿레헤헤헤헤헤헤
헗헉헉헉헤헤헤헤헤헤헿헤
헿퍽퍽헤헤헤헤헤헤ㅎㅎㅎㅔ

어두운 데서 분위기 잡덯ㅎ히히히
히히히히히하하하하하
헤헤헤헤헤하하호ㅓ호허허

헿헤어헐ㅎㅇㅎㅇㅏ아아항항
요시이꾸요ㅇㅇㅇㅇㅇㅇㅇㅇㅇㅇㅇ

그러더니 막 히~~~야!!! 이거를
이야~~~~~ 하하하핳ㅎㅎㅎ하하하하
막 어디를 막 히히히히힣ㅎㅎ히힣
어떻게 막 하더닣히히히히히히힣

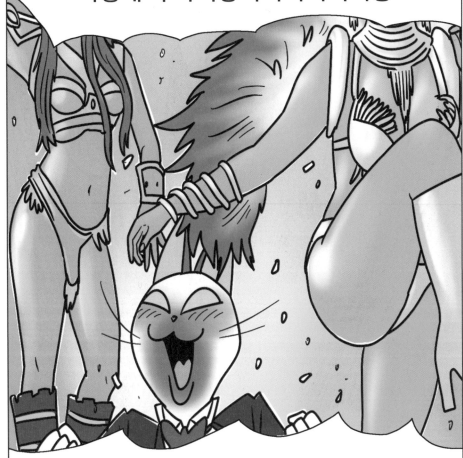

헤헤헤헿그거를 막 헤헤헤헤헤
거시기가 뭐다냐 헤헤헤헤헤헿
ㅎ하하하하핳ㅎㅎ

하더니 때립니다.

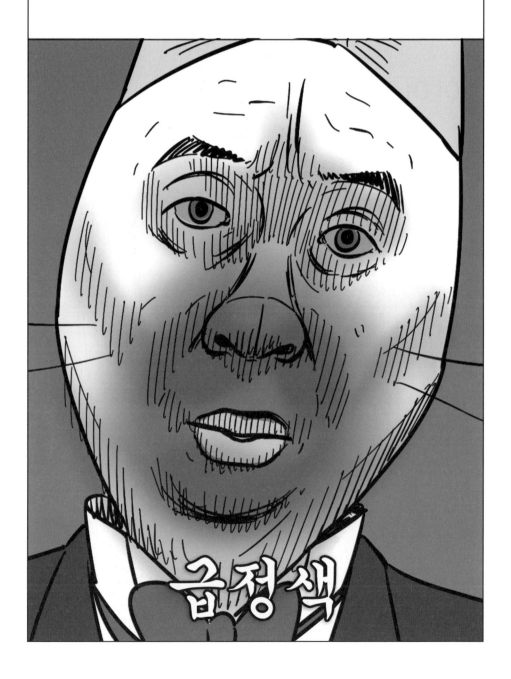

영화가 끝났을 때 극장 안은 혼또기 도가니였죠.

뭐야?
끝난 거야??

침착해! 스탭롤을
기다려보자!!!

혼또니??!

다들 피카츄
배 아래를 만져!

저는 전생체험에서 막 깨어난 기분이었죠.

으….으음?

여, 여기가 어디요?

아, 안심하세요. 극장이에요.

왜 끝났지?

아직 보여줄 게 산더미처럼 많아 보이는데?

설마?

그레이의 50가지 그림자 분신술 중
첫 번째 그림자인가?

그레이가 나루토였어??

결국 저는 구국의
용단을 내렸습니다.

어쩔 수 없지…
진지하고 학술적이며
온 가족이 함께 볼 수 있는
건전함을 지향하기 위해선…

한 번 더 보는 수밖에!

(엄격)　　　(근엄)

(진지)

정말 싫지만 리뷰를 위해서다…
독자를 위해서다…

역시 한번 본 영화를
다시 보는 건 감흥이 덜…

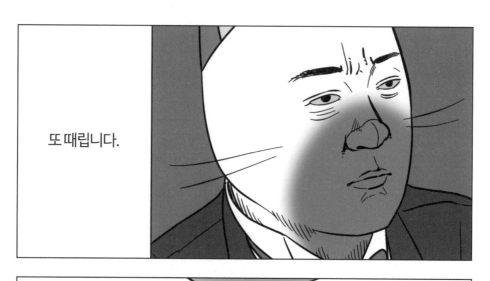

또 때립니다.

굳이 저렇게 때릴 필요까지 있었을까요?

굳이 저렇게 이쁜 여자를?

부럽다!

나도… 나도 맞을 거야!!!

ㅋ악

내가 저 여자보다 못한 게 뭐야???

이, 이걸로… 어서!!!

검열

어서!!!!!!

아… 아무튼 저색… 아니,
남자 주인공이 여자 주인공한테
채찍으로 6연타를 넣었는데요.

그게 크리로 들어갔는지
여자 주인공이 빡쳐서
탈주합니다.

6대면 충분하다!

어? 빡치네?

내가 왜 강한지 아나?

탈주했기 때문이다!

그러니까 남자는 나루토, 여자는 이타치인가요?

특히 여러분은
이 영화의 주요 장면을
수 천번 되돌려 보셔서
아시겠지만,

남친한테
6연타를 맞을 때,
여자주인공은
뒤에서 맞았죠?

개빽침

도닥 필드 뒤치기
진짜 개짜증

무기 막기랑 회피가
안 됩니다.

이거 무조건
크리로 들어가요.

게다가 방어구를
하나도 착용하지 않았죠.
즉, 방어도가 0입니다.

밥만
먹을

쏘냐

물론 벗을수록 방어도가
올라가긴 하는데
감독이 잘 모르네.

원래 헐벗을수록
방어도가 강한데….

305

여자 주인공 이름이 '아나스타샤 스틸'인데요.

외국 이름은 성을 뒤에 붙이는 거 아시죠?

우리 식으로 하면 '스틸 아나스타샤'입니다.
즉, 강철의 아나스타샤죠. 고향은 포항.

강철의

즉, 여주인공의 이름으로 영화 전체를 상징하고 있는 겁니다.

이 영화가 미국 아줌마들의 판타지라는 건 다들 알고 계시죠?

유리 구두 대신 가죽 채찍이 나오는 포항 출신 강철의 신데렐라니까요.

12시가 되면 채찍을 든다.

판타지라는 건 환상 속에서 자신의 욕망을 대신 실현해주는 장르라 할 수 있죠.

예를 들자면,

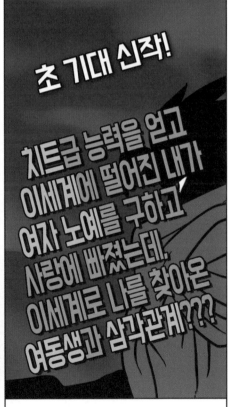

초 기대 신작!

치트급 능력을 얻고 이세계에 떨어진 내가 여자 노예를 구하고 사랑에 빠졌는데, 이세계로 나를 찾아온 여동생과 삼각관계???

이런 것처럼 말이죠.

주인공이 평범한 여대생이군요?

다만 오지고 지리다가 댐 터지고 까무러칠 정도로 이쁘다는 것뿐입니다.

이 쁘

중요한 포인트는

〈리빙포인트〉

부기영화는 선물용으로 두 권 사면 좋다.

자기가 그걸 몰라야 합니다.

즉, 장님이라는 소리죠. 그러니까 안대로 눈을 가리는 겁니다.

그레이의 50가지 그림자밟기

(차기작 여주인공 상상도)

화장실 거울님께
감사하십시오.

너는 최고야!

BANG!

화장실 거울님은 살아 계신 미륵이고
낮은 곳에 임하신 천사입니다.

그럼 반대로,
남자 주인공

크리스찬 그레이를
볼까요?

사실 이런 영화에서
남자 주인공 되기는
정말 쉽죠.

거저 먹는다고 봐야죠.
아무나 데려다
찍어도 됩니다.

일단 돈은
생계를 유지할 정도만
있으면 됩니다.

시애틀이나 뉴욕에
100층짜리 빌딩 몇 개랑
세계 최고의 회사 정도면
적당하겠네요.

돈이 너무 많으면
부담되니까요.

선물도 과하면 안 좋습니다.

아우디 스포츠카 정도면
합리적인 선물이죠.

웅

두

외모도 마찬가지입니다.

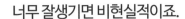

너무 잘생기면 비현실적이죠.

여빗

나 역시 비현실적 외모

대들보 같은 콧날과
지중해 색 눈동자 정도면
통과입니다.

몸도 너무 좋으면
부담스럽죠?
격투기 선수 정도로만
만들어봅시다.

아, 키요?

그것도 적당한 게 좋죠.
185 정도?

여빗

185km 라면?

빨리 화장실 거울님께 다시 한번 감사하십시오 미개한 인간들아.

간디? 공자? 화장실 거울님 앞에서는 진구랑 짱구입니다.

그리고 착한 일 좀
많이 하십시오.

그래야 다음 생에 사람답게
태어날 수 있습니다.

〈리빙포인트〉

빨리 인간이 되고 싶다면
착한 일을 많이 하면 좋다.

저 정도 되는 남자니까 저 정도 되는 여자를 만나는 거고
저 정도 되는 여자니까 저 정도 되는 남자를 만나는 겁니다.

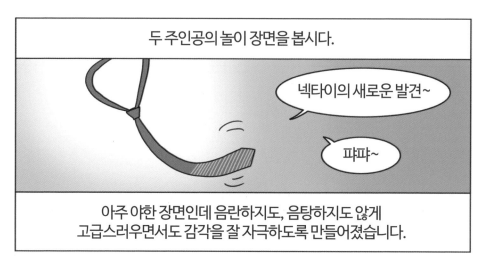

두 주인공의 놀이 장면을 봅시다.

넥타이의 새로운 발견~

퍄퍄~

아주 야한 장면인데 음란하지도, 음탕하지도 않게
고급스러우면서도 감각을 잘 자극하도록 만들어졌습니다.

고급스럽지 않고
음란하고 음탕했으면
더 좋았을 겁니다.

갑자기 화가 나네요.

화가 날 땐 어떻게
하는 게 좋을까요?

하악

치킨을 보면서 아스카쨩을….

????????????

스산

아, 마, 마, 마… 말이 잘못…

여러분 오해하지 마십시오.

저 그런 고양이 아닙니다.
아스카가 아니라

우우~

이지!

블루!!

변태만화
물러가라

시골 전통 후라이드 치킨 시애틀점

평가 (2)

리뷰를 남겨주세요!

사용자 : 부기영화 (★★★★★)
치킨이 친절하고 아저씨가 정말 맛있어요.

사용자 : 느낌이_느껴지는_책 (★★★★★)
아저씨가 친절하고 맛있어요.

액트 오브 킬링

오늘의 꿀팁

이 영화를 관람하지 마십시오.

수많은 영화인이
앞다퉈 이 영화를 찬양했고

이 영화에 대한 존경심을
표현하는 데 최선을 다했습니다.

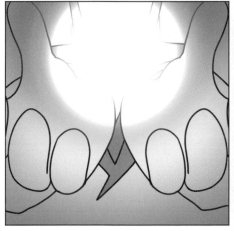

영화 역사에서 가장 붉게 빛나는 별.

오늘은 최고존엄 중
하나를 만나볼 겁니다.

주인공입니다.
잘생겼죠?

세월과 함께 멋이 들었다고 할까요?
과감한 패션도 척척 잘 소화해내는,
그야말로 멋쟁이 할아버지입니다.

할아버지는 사회적으로도 덕망이 높습니다.

많은 사람의 존경을 받고 있으며
친한 친구들과 추억을 이야기하는,
행복한 노년을 보내고 있습니다.

멋쟁이 할아버지를 눈여겨보던 한 다큐멘터리 감독이 찾아옵니다.
감독은 할아버지에게 당신의 추억을 재현해보자 제안하죠.

영화는 이렇게 시작합니다.

어릴 적의 할아버지는 가난한 아이였습니다.

극장 앞에서 암표를 팔던, 미래가 깜깜한 아이였죠.

그러나 꿈이 있었습니다.
극장에서 많은 명작 영화들을 보며,

알 파치노와 제임스 딘의 영화를 보며,

나도 영화 같은 삶을 살아보고 싶다.

그것이 할아버지의 꿈이었죠.

할아버지는 기꺼이 승낙합니다.

할아버지가 친구들을 불러 모읍니다.

정말 멋진 영화를 찍어보자!

우리가 보며 감동했던, 할리우드 영화보다
더 멋진 영화를 만들자!

이렇게 노인들의 영화 도전기가 시작됩니다.

멋모르고 국회의원 선거에 나갔다가
보기 좋게 낙선한 친구가 합류합니다.

고국을 떠나 해외를 돌며 사업을 하는 친구도
주인공의 도전을 돕기 위해 귀국합니다.

주인공을 따르는 수많은 청년과
친절한 시민들도 영화 제작을 돕습니다.

출발은 좋은데 과연 이 영화, 무사히 제작될 수 있을까요?

예상대로

엉망진창입니다.

화면은 촌스럽고
연기는 어색합니다.

분장도 끔찍하군요.

전문 배우가 아닌 노인들에겐 애초에 쉬운 도전이 아니었죠.

그러나 이 사소한 문제들이
주인공과 친구들의 열정을 막을 수는 없었습니다.

꾸역꾸역 영화는 만들어져 갑니다.

노인들의 영화 도전기가 입소문을 타기 시작했습니다.

TV쇼에 출연하여 영화를 홍보할 기회도 얻게 되는데요.

영화를 향한 노인들의 열정과
그들이 지금껏 국가를 위해 힘써온 노고에
청중들은 응원의 박수를 보냅니다.

할아버지를 따르는 많은 청년이
자발적으로 참여하기 시작합니다.

덕분에 영화의 클라이막스는 제법 그럴싸하게 만들어질 수 있었죠.

연기 경험이 전무하다는 한계는
열정 앞에서 무의미했습니다.
평생 연기를 해본적도, 영화 같은 걸 만들어본 적도 없지만,

할아버지는 촬영 때마다 노래와 춤으로 제작진을 격려했고
항상 웃음과 품위를 잃지 않았습니다.

드디어 결말,

영화를 향한 열정과 국가를 위해 헌신한 할아버지의 목에
한 시민이 감사의 뜻으로 금메달을 걸어줍니다.

이렇게 노인의 영화 도전기는 막을 내립니다.

만사를 제치고 그를 돕기 위해 달려온 절친들과
그의 뒤를 따르는 열혈 청년들,
그리고 상냥한 시민들의 도움이 없었다면
이 영화는 완성되지 못했을 거예요.

자, 이제 그의 인생은 멋진 영화로 만들어졌을까요?

그 영화를 관람하는 주인공과 관객들도
이 노인의 삶처럼 행복해졌을까요?

그럴 수 없었습니다.

그래선 안 됩니다.

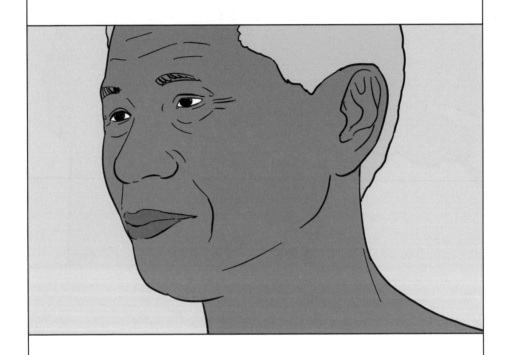

주인공인 멋쟁이 할아버지의 이름은
안와르 콩고.

그는 1960년대 인도네시아에서

천 명에 가까운 사람을
살해했습니다.

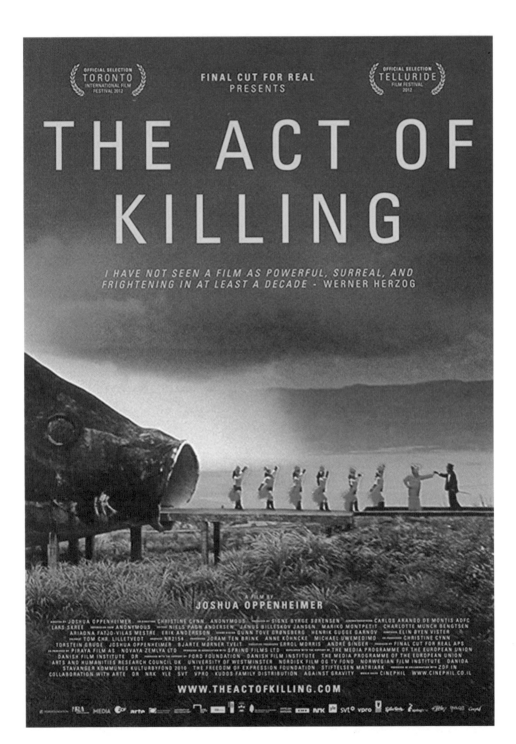

1965년 인도네시아에서는
군부 쿠데타가 일어났고
이후 정권에 반대하는 사람은 모두
공산주의자로 몰렸습니다.

그리고 1년이 안 되는 짧은 기간 동안
무려 100만 명이 넘는 사람이 학살당했죠.

피해자 중 대부분은

공산주의가 뭔지도 모르는,
농사꾼과 시장 상인, 학생, 어린아이,
그저 평범한 누군가의 가족이었습니다.

인도네시아 정부는 '공산주의자'를 '처리'할 인원이 부족해
길거리 깡패들까지 동원했고
극장 앞에서 암표를 파는 깡패였던 주인공도
그 무리에 합류하게 됩니다.

그리고 그 길거리 깡패 조직은

정부의 보호 속에 점점 몸집을 키워
이제는 300만 명의 거대 조직이 되었습니다.

경찰도 군인도 아닌 300만 명의
조직폭력 집단이 아무렇지도 않게
폭력을 행사하고 있습니다.

학살에 동참했던 주인공 무리들은
이제 사회적으로 존경받는 지도층이 되었습니다.

장관과 차관이 되었고 다들 부자가 되었습니다.
대통령의 측근과도 만남을 갖는, 사회의 실세가 되었죠.

그들은 돈을 벌지 않아요. 빼앗습니다.

심지어 돈도 필요 없죠. 갖고 싶은 것은 모두 빼앗습니다.
땅이건 집이건, 혹은 사람이건,

겁에 질린 시민들은 그들만 봐도 벌벌 떨었고
학살당하는 피해자들을 연기하라는 패륜적인 강요마저
어쩔 수 없이 승낙하게 됩니다.

내 집을 불태우고

내 가족들을 무차별 살해하는

저들의 만행을

저들이 직접 재연하는 현장에

악마만이 즐거운 그 현장에
피해자들이 동원됐습니다.

거부하면 보복은 뻔한 일이었죠.

무차별 학살은 정당한 일이었다 포장되었고
국가를 위한 일이라고 교육되었습니다.

가해자들은 죄책감 없이 행복한 여생을 보내고 있습니다.
심지어 국회의원에 출마하기도 하면서.

자신의 살인이 정당하다 믿고 있었고
그랬기 때문에 이 다큐멘터리 출연도
흔쾌히 받아들였던 겁니다.

나는 죄가 없으니까.

사람들을 죽인 기억은 추억이고 자랑거리이며,
전 세계 관객들에게 보여주고 싶은
무용담이었으니까.

그래서 태연히 고문과 살인을 재연합니다.

유쾌하고 밝은 표정으로.

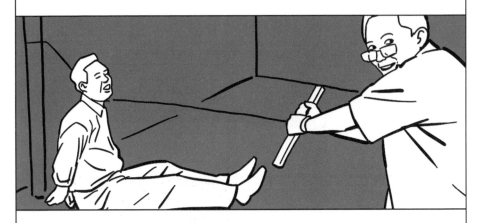

저 장면의 대사는 이렇습니다.
"이 옥상에서 (사람을)너무 많이 죽여 피바다가 되었는데
이렇게 죽였더니 한결 낫더라."

눈에 띄는 여성들은 죄다 강간하고
열네 살짜리 여자아이가 걸리면 운이 좋았다고 낄낄댑니다.

자신은 공산주의자가 아니라고 항변하는 피해자 앞에서
피해자의 딸을 칼로 난자했던 짓을 재연하기도 합니다.

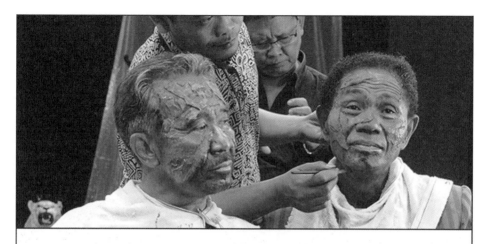

그런데 영화 말미에, 감독이 배우들의 역할을 바꾸기 시작합니다.

자신이 고문했던 피해자 역할을 맡아 연기하던 주인공은
잠시 생각에 잠겨 자신의 행동이 무엇이었는지 아주 조금 깨닫게 됩니다.

그리고 자신이 수많은 사람을 죽인 옥상을 다시 찾아가
결국 헛구역질을 연발하게 되죠.

너무 늦었고 너무 작았고 너무 얕았던 죄의식이지만요.
금메달을 걸어주는 장면에서 피해자의 대사는 이렇습니다.

"나를 고문하고 죽여 천국으로 보내주신 것에 감사드립니다."

주인공은 고개를 떨구고 피해자의 눈을 피합니다.

어떻게 천 명을 죽인 살인자가
이리도 떳떳하게 살 수 있을까요?

어떻게 백만 명을 학살한 사건이
역사적으로 정당했다고 교육될 수 있을까요?

영화를 보면서 저는 우리나라의 사례를 떠올렸습니다.

무려 20만 명이 학살되었다고 추정되는 보도연맹 사건과
당시 제주도민 인구 중 8분의 1이 학살된 제주 4.3 사건이죠.

무고한 시민을 공산주의자로 몰아 무차별적으로 살해했으며
국가의 주도하에 이루어진 대량 학살이라는 공통점이 있습니다.

한국 정부는 2003년과 2008년, 두 사건에 대해
잘못을 인정하고 피해자와 유족들에게 사과했지만,

참사 이후 무려 50년도 넘게 지난 뒤의 일이었습니다.

"오랜 세월 말로 다 할 수 없는 억울함을
가슴에 감추고 고통을 견디어오신 유가족 여러분께
진심으로 위로의 말씀을 드립니다.

아울러 무력충돌과 진압의 과정에서
국가권력이 불법하게 행사되었던 잘못에 대해
제주도민 여러분께 다시 한번 사과드립니다."

-제주도 4.3사건 위령제 추도사 중

이성이 마비되고 이념이 광기에 물들 때,
생명의 존엄성보다 다른 가치를 우선시할 때
역사에서는 항상 참사가 일어났습니다.

피해자는 항상 힘없고 무고한 사람들이었죠.

이 영화를 본 모든 사람이 충격에 빠졌습니다.

정의, 양심, 존엄, 천부인권, 권선징악.
우리가 추구했던 이상들이
야만의 역사 앞에서는 공허한 옹알이에 불과했다는 것을,

이 영화는 적나라하게 고발하고 있었습니다.

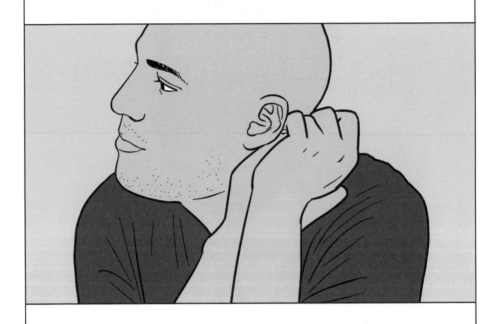

영화 역사상, 인류 역사상 가장 충격적인 고발이었습니다.

저 역시, 영화사에서 가장 붉게 빛나는 별을 만든 감독과
제작진의 용기에 찬사를 보냅니다.

(제작진 대부분은 보복을 방지하기 위해 익명으로 처리되어 있습니다.)

동시에, 저는 이 작품의 영화적 면모에 대해서도
경의를 표하고 싶습니다.

아시다시피 이 작품은 엄청난
사회, 역사, 인류학적 가치를 가지고 있지만
영화 그 자체로도 대단히 훌륭한 시도를 했습니다.

감독은 살인자에게 살인자 역할을 시키고

나중에는 피해자로, 역할 바꾸기를 시도합니다.

이 영화에서 가장 충격적인 장면은,
사이코패스일 줄 알았던 주인공이
헛구역질로 자신의 죄의식을 발견하는 장면이었죠.

평생 모르고 살아왔던 악마의 죄의식을
감독이 역할극으로 미약하게나마 다시 살려낸 셈입니다.

쉽게 말해, 이 영화는 살인마가 살인마를 연기하는 재연극이고
당사자가 자신들의 악행을 자랑스럽게 고백하는 재현극이며

역할 바꾸기를 통해 타인의 감정을 체험하는 연극치료죠.

재연으로 재현하여 재생해낸 죄의식의 영화입니다.

시도와 내용, 주제와 여운의 측면에서
걸작 반열에 오른 영화입니다.

이런 영화는 결코 흔치 않죠.
만약 보신다면 평생 잊지 못하실 겁니다.

다만 제가 여러분께 이 작품을 권하기가 쉽지 않습니다.

보는 내내 속이 안 좋고 구토가 올라오기도 하거든요.

분량의 대부분이 유쾌하게 진행되지만
내용의 특성상 충격과 역겨움을 희석시킬 수는 없을 겁니다.

그 충격과 역겨움은 아주 오래도록 가시지 않을 겁니다.

여기까지 읽었다면 이 책은 5초 뒤 자연소멸합니다.
그전에 아래 문장들을 소리 내어 읽으시오.

오늘 나는 참 재밌는 책을 읽었다. 부기영화라는 책인데 만화 형식으로 영화 리뷰를 하는 책이었다. 그런데 보다 보니 만화 같기도 하고 그냥 아무 그림이나 그려놓고 지 하고 싶은 말 씨부리는 이상한 책 같기도 하다. 그러나 나는 이 책을 내 주변 사람들에게 추천하고 싶다. 한 발 더 나아가, 강매를 할 계획이다. 주변 지인들의 뚝배기를 인질 삼아 이 책을 섹스 억지로 사게 만들고 싶다. 이렇게 좋은 책을 나만 볼 수는 없다. 나만 당할 순 없지. 일단 책 평점을 만점 준 뒤 다른 사람들도 이 책을 사는 것을 보면서 밤마다 쾌감을 느끼고 싶다. 태교 선물로 안성맞춤인 부기영화. 스승의 날에도, 어버이날에도, 농업인의 날에도 선물용으로 제격인 부기영화. 혼수로도 각광받는 부기영화. 혼수하다 혼수상태가 온다는 부기영화. 사돈께도 사십권 정도 보내드려야겠다. 상견례 자리에서 보니 음식을 짭짭거리면서 드시던데, 부기영화를 선물해드리면 대충 무슨 뜻인지 아시겠지. 다시는 내 앞에서 음식을 더럽게 드시지 못할 것이다. 음식을 짭짭거리며 먹는 사람, 독서실에서 하루 종일 다리를 섹스 떠는 사람에게 부기영화를 선물하자. 참고로 나는 느낌이있는책이라는 출판사에서 허리 디스크 관련 서적을 샀는데 이 책이 왔다. 하지만 부기영화를 읽는 순간, 허리 디스크가 하드디스크가 됐다. 다시는 이 출판사에서 나온 책을 사지 않겠다. 그런데 왜일까? 작가들이 겪은 억울한 사연이 자꾸만 눈앞에 아른거린다. 나는 아픈 허리를 부여잡고 그들의 억울함에 공감하며 눈물을 흘렸다. 닦아보니 피눈물이었다. 내 돈. 이 돈을 벌기 위해 나는 얼마나 삥이를 쳤는가. 그런데 이 작가놈들은 이렇게 날로 돈을 벌다니, 내가 너무 억울하다. 작가들에게 어떤 사연이 있는지는 모르겠지만 나는 오늘 억울한 사연이 하나 생겼다. 건강 정보 책을 읽고 허리 디스크에 도움되는 조언을 얻으려 했는데 왜 이 책이 온 걸까? 하지만 인생은 역시 가챠. 몇 권 더 사면 진짜로 허리 디스크에 도움이 되는 책이 올지 모르지. 그래서 결론은, 나는 부기영화 2권도 살 것이다. 부기영화 2권에는 분명 허리 디스크에 관련된 꿀팁이 나올 것만 같다.

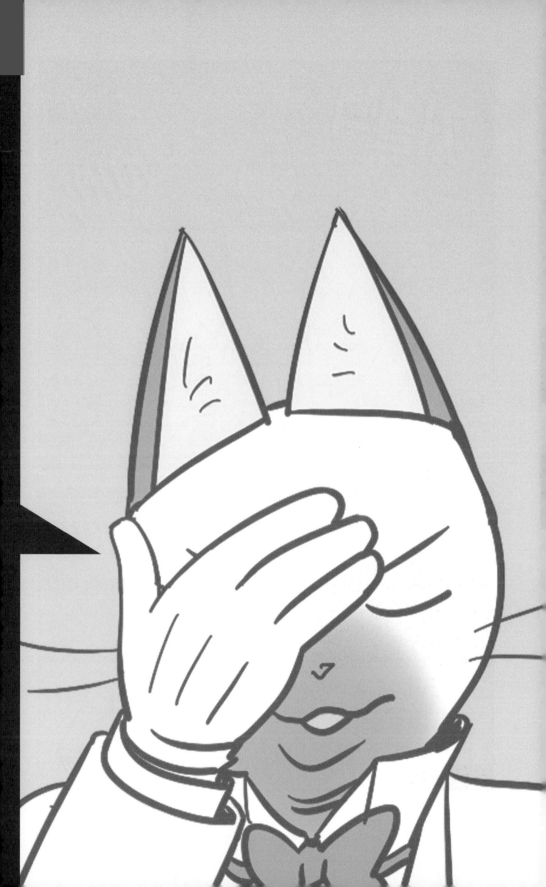

많이 팔리지 않는 이상
2권이 나오기는 쉽지 않을 거야.

모르지.

원고료 날로 먹는 건 쉬웠겠지만
출판은 다르니까.

웹툰이건 출판이건
호구는 어디에나 있다.

지금 독자에게
호구라고 한 거야?

독자는 호구가 아니다.

작은 고추다!

꽤나 걸렸네?

연재는 어떻게 됐어?

너만 오면 돼.

부기영화

초판 1쇄 인쇄일 | 2019년 09월 25일   초판 1쇄 발행일 | 2019년 09월 30일

지은이 | 급소가격, 여빛
펴낸이 | 강창용
책임기획 | 강동균
책임편집 | 문정민
디자인 | 가혜순
영 업 | 최대현

펴낸곳 | 도서출판 씨큐브
출판등록 | 1998년 5월 16일 제10-1588
주 소 | 경기도 고양시 일산동구 중앙로 1233(현대타운빌) 407호
전 화 | (代)031-932-7474
팩 스 | 031-932-5962
이메일 | c.cube.book@gmail.com / feelbooks@naver.com

ISBN 979-11-6195-098-3 (03810)

씨큐브는 느낌이있는책의 장르, 웹툰 분야 브랜드입니다.

이 도서의 국립중앙도서관 출판예정도서목록(CIP)은 서지정보유통지
원시스템 홈페이지(http://seoji.nl.go.kr)와 국가자료종합목록 구축시스
템(http://kolis-net.nl.go.kr)에서 이용하실 수 있습니다.
(CIP제어번호 : CIP2019035462)